僕の彼女を紹介します

WINDSTRUCK

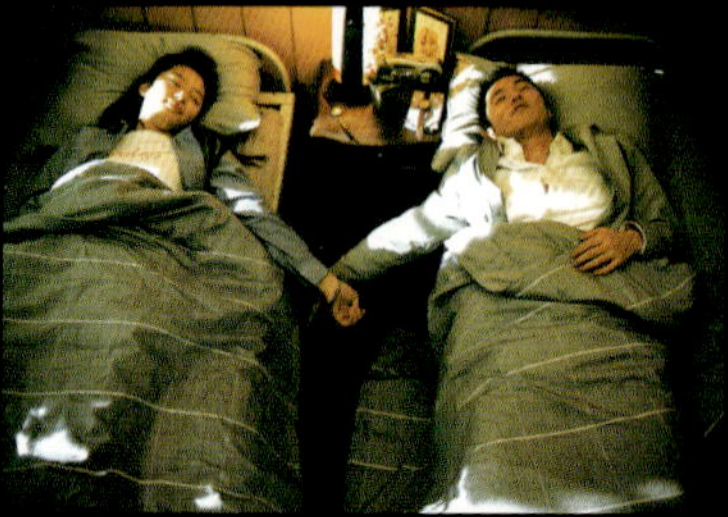

僕の彼女を紹介します

クァク・ジェヨン
入間 眞＝編訳

角川文庫 13585

Based on the film WINDSTRUCK directed by Jae-young Kwak
Japanese novelization rights arranged with Surprises Ltd.
through Owl's Agency Inc., Tokyo

Translated by Shin Iruma
Published in Japan by Kadokawa Shoten Publishing Co., Ltd.

もくじ

主な登場人物

ヨ・ギョンジン……ソウル市警巡査。職務熱心だが、つっ走り気味
コ・ミョンウ…………女子高校の物理教師。善良な市民
キム・ヨンホ…………殺人課刑事。後にギョンジンとパートナーを組む
シン・チャンス……凶悪な脱獄囚

プロローグ

僕の彼女を紹介します。

彼女の名前はギョンジン。ヨ・ギョンジンです。

僕のためにたくさんの涙を流してくれたひとです。

その名を口にするといつも、僕はとっても不思議な気持ちに包まれます。

彼女には間違いなく、特別な何かがあって……。


愛する女性と二人っきりで旅に出ることを夢見ない男なんて、この世にいやしない。僕もそんな夢を持っていた。そして、幸運なことにそれをかなえることができた。

それはそれはワイルドな旅だった。この地上の果てにある素敵な何かを探しに、野を越え、山を越え、どこまでも突き進んでいく。そう、彼女と一緒なら、本当にどこまでも行ける気がしていたんだ。

旅の途中、僕は彼女と二人で風を感じ、星を見上げた。

そのとき僕は思った。自分はなんて幸せな男なんだろうって。

ある日、彼女はソウルにそびえ立つ超高層ビルから身を投げてしまった。

たったひとりで屋上に登り、天国のドアをノックしてしまったんだ。

彼女は、天国のドアがタイマーつきの自動ドアであることを知らなかったらしい。その時が来れば自然に開くというのに、彼女はそれを待ちきれずにノックした。

彼女は落ちていった。夜の空気を切り裂きながら。

僕の目の前で、落ちていった。

そんなことにならないように、どうして彼女をしっかり抱きしめていなかったんだと、誰もが言うだろう。

でも、そのときの僕は、自分でもどうにもならないほど無力で、抱きしめることなんてできなかった。それどころか、手を差し伸べることすらも……。

僕は彼女を心から愛した。彼女も僕を愛してくれていた。

悲しいことに、彼女が死を選んだのは、愛ゆえだった。

けれど、あのときの彼女には、もう僕のことが見えなくなっていたし、僕の存在を感じることもなかった。

僕は心から思った。僕にお釈迦《しゃか》様のような大きな手があって、せめて落ちる彼女を受け止めてあげられたらって。

言っておかなくちゃいけない。
すべては僕のせいなんだ。
ビルから飛び降りてしまうほど彼女を悲しませたのは、僕。
死にたくなるほど寂しい思いをさせたのも、僕。
生きる望みを失うほど辛《つら》い目にあわせたのも、もちろん僕。

どうしてそんなことになったかというと……。
最初から話をしよう。
僕と彼女は、こんな風にして出会ったんだ。

第一部　あるできごと

1

コ・ミョンウはじっと腕組みし、靴店の商品棚を見つめながら自問していた。

（これから赴任する新任教師にとって、最も留意すべき課題とは？）

その答えはすぐに出た。

（やっぱりファッションだ）

年頃の女子は、教師の外見に対する目がとりわけ厳しい。彼女たちの審美眼の鋭さは、男子の比ではないのだ。教師が授業を円滑に進めるにはまず、好感度の高い服装で初対面の印象を上げ、一気に彼女たちの気持ちをつかまなくてはならない。

ポイントは教室履きだと、彼は物理教師らしい論理的な思考で結論を導き出した。女性は足元も決して見逃さない。何を履くかで彼女たちの評価は決まるのだ。

ミョンウの目の前には、色とりどりのスニーカーが整然と並べられている。

底がゴム製で歩いても足音がしないことから、「こっそり歩く者《スニーカー》」と呼ばれることになった靴の前で、彼がどれにしようか決めかねているちょうどそのとき、ひとりの若い男が足音を忍ばせてこっそり靴店に入ってきた。

男は何気なさを装って店内を見渡すと、婦人靴コーナーで派手なパンプスに見入っている中年女性に目をとめた。男は油断のない視線を周囲に配りながら、彼女に足早に近づいていく。

ミョンウは男の行動にまったく気づいていなかった。ましてや、運命の出会いがすぐそこまで忍び寄っていることなど、知るよしもない。

「ドロボー！」

突然、中年女性の声が店内に響いた。ミョンウが驚いて振り向くと、若い男が店を飛び出していくのが見えた。その手には女物のバッグが握られている。引ったくりだ、と直感したミョンウはすでに駆け出していた。

「待て！」

彼は猛然と店を出ると、歩道上で直角にターンし、男を追いかけた。犯人は通行人を左右によけながら力強いストライドで逃げていく。ミョンウも負けじとハイピッチ走法で跡を追う。さらに後ろからバタバタした足取りで被害者の中年女性が追いかける。

「引ったくり！　あの男が私のバッグを！　誰か捕まえて！」

叫ぶ彼女に力強くうなずきかけてから、ミョンウは前を見据え、全力疾走を続けた。商店街は人通りが少なくないが、みな一様に茫然《ぼうぜん》と見ているだけで加勢する者はいない。ソウルの人情も地に落ちたものだ、とミョンウは内心嘆いた。こうなれば、彼ひとりで捕まえるしかない。

中年女性は体力が続かずに追跡を諦《あきら》めた。しかし、声だけは張り上げ続けている。

「誰か！　私のバッグを取り返して！」

ちょうどそのとき、ヨ・ギョンジンは身も心もさっぱりして銭湯から出てきたところだった。

中年女性の叫び声を耳にした彼女が商店街に出てみると、若い男が全力疾走で逃げていくではないか。たちまち彼女の正義感が燃え上がる。長い髪がまだ半乾きなのも忘れて、ギョンジンは走り出していた。

一方、ミョンウは腕の振りを大きくしたが、引ったくり犯との距離はなかなか縮まらない。そのときになって彼はようやく思い出した。自分は走るのがさほど速くないことを。おまけに息が切れてきた。全身から汗も噴き出している。

ペタペタペタペタペタペタペタ……。

彼は背後から聞こえる妙な音に気づいた。走りながら振り返ると、ジャージ姿の若い女性が物凄《ものすご》い速度で追いかけてくるのが見えた。シャンプーやボディソープのボトルで満載の小さなプラスティック・バスケットを振り回し、ビーチサンダルを履いた足を驚異的な速さで動かしている。音の正体はサンダルだったのだ。

ミョンウが助《すけ》っ人《と》の登場を心強く思ったそのとき、彼の頭上を青い物体がかすめて飛んでいった。次の瞬間、前方の道路脇で携帯電話を耳に当てていたビジネスマンの顔面をサンダルが直撃し、メガネが吹っ飛んだ。

ペタひたペタひたペタひた……。

片方が裸足《はだし》になっても速度の鈍らないギョンジンが、前方を指さして鋭く叫んだ。

「止まりなさい！　今すぐ止まるのよ！」

ミョンウが振り向くと、なんと彼女の指は真っ直ぐ彼に向いている。

「僕じゃない！　あいつだ！」

彼がそう叫び返して前方を指さしたとき、真犯人は路地に逃げ込んだ。ミョンウも慌てて路地に曲がり込む。

途端に、彼は急ブレーキをかけた。犯人が追跡を邪魔しようとしたらしく、路上に大きなゴミ缶がいくつも散乱している。ミョンウは危うく転倒を免れたが、ゴミ缶を乗り越えるためにスピードが鈍ってしまった。

そのとき彼はふと振り返った。すぐ目の前に、ゴミ缶のバリケードを軽々と飛び越えるさっきの女の姿があった。彼女は飛んだ勢いのままどんどん迫り、ミョンウの腹に強烈なタックルを食らわせた。

彼は息がつまり、叫び声も上げられずにもんどりうって倒れた。ミョンウは瞬時に体を反転させのしかかったギョンジンが、すかさず関節技をきめる。ミョンウは瞬時に体を反転させられ、気がつくと路上で腹ばいになっていた。驚きのあまり彼の頭の中は真っ白になったが、体のほうは、彼女が格闘術の訓練を正式に受けていることを痛いほど理解できた。

気持ちが萎《な》えそうになりつつも、彼は精一杯の抗議の声を上げた。

「僕は引ったくりじゃない！　犯人はあっちだ！」

両腕の自由を奪われているミョンウは必死に舌を伸ばして前方を指し示したが、憎むべき引ったくり犯はすでに曲がり角の向こうへと消えてしまっていた。

ふふん、と彼女が鼻先で笑う。

「なんて見え透いた嘘なの？　こっちはすべてお見通しよ。さあ、おとなしくして」

「人違いだって言ってるじゃないか！　僕は引ったくりなんかじゃない！」

ミョンウは彼女の押さえ込みから逃れようと全力でもがいたが、彼女からの返事は顔面へシャンプー液を噴射するという無慈悲な攻撃だった。

彼は絶叫した。痛くて目が開けられない。フローラルの香りがこれほど恐ろしい凶器になることを彼は初めて思い知らされた。さらに彼女は片手で彼の顔をこすり、シャンプーをまんべんなくすり込む。

「やめてくれぇ！　やつが逃げちゃうってば！　僕はやつを捕まえたいんだ！」

「そんなことで騙《だま》されるもんですか。いい加減に観念しなさいって」

いきなり彼女のパンチがミョンウの頬に炸裂《さくれつ》した。シャンプーでこぶしが滑ったものの、痛いことに変わりはない。彼は泣き声を出した。

「いったい、何なんだよ？　君は無実の人間を捕まえたんだぞ」

「静かにしなさい！　犯罪者に限ってそう言うのよ！」

彼女はバスケットから緑色のタオルを取り出すと、ミョンウの両手を背中で縛り上げた。次いでヘアブラシをつかみ、その柄をタオルの結び目に挿し込んでぐいっと絞る。手首に食い込むタオルは、湿り気を帯びていて簡単には外れそうにない。

ギョンジンは再びミョンウの体にのしかかると、凛《りん》とした声で言った。

「お前には黙秘権がある……」

ミョンウは耳を疑った。一瞬、何を言われているのか理解できなかった。

「……あるけど、黙秘したらぶっ殺すわよ。それから、発言の内容は法廷で不利な証拠になることもあるから、覚悟すること。お前には弁護人を立てる権利があるし、もし文無しなら国選弁護人をつけてあげるけど、まあ大して役に立たないから、そのつもりで」

生まれて初めての権利告知を受けながら、ミョンウは痛みによる悲鳴を上げ続けた。

湯上がりのギョンジンに小突かれて往来を歩くミョンウの姿は、哀れそのものだった。とんだ濡《ぬ》れ衣《ぎぬ》を着せられた上に、縛られた後ろ手で入浴グッズの入ったバスケットまで持たされる始末である。彼にとって、これを屈辱と呼ばずに何と呼ぼう。

通行人の好奇に満ちた視線にさらされ続けた彼は、警察署の階段を上ってスイングドアをくぐったとき、少しだけほっとした。

ギョンジンにぐいぐい押されて中に入ると、広いロビーに居合わせた警察官が一斉に振り向いた。その中にバッグを引ったくられた中年女性がいるのにミョンウは気がついた。あれからすぐに被害届を出したらしい。彼女に証言してもらえればすぐに人違いだとわかるはずだと彼が思ったとき、ギョンジンがさっと前に歩み出て、丸メガネをかけた五十がらみの人物に敬礼した。

「署長。この男を現行犯逮捕しました」

ミョンウは初めて彼女が本物の警官であることを知った。

だが、報告を受けた警察署長は人のよさそうな顔に当惑の表情を浮かべている。

「ヨ巡警。君は今日は非番ではなかったかね？」

「その通りであります」ギョンジンはにっこりと微笑んだ。「しかし、目の前で犯罪が発生すれば見過ごすことはできません」

彼女は被害者の中年女性にさっと向いた。

「奥さん。あなたのバッグを引ったくったのは、この男に間違いありませんね？　私が見事捕まえてさしあげました」

言われた中年女性は、ポカンとした顔で首をひねっている。

ここぞとばかりにミョンウが口をはさむ。

「何度も言ってるでしょ、僕じゃないって。僕はそこにいる奥さんの叫び声を聞いて、犯人を追いかけたんですよ」

ギョンジンが人差し指を唇に当て、恐ろしい目つきで彼をにらみつけた。そしてすぐに中年女性に向き直り、うって変わった優しい笑顔を見せる。

「犯行はあっという間の出来事だったのでしょう？　だから、犯人の顔をまともに見られなくて、この男だと確信が持てないんですよね？　無理もないわ」

「ええ……でも、この方は私のバッグを持ってませんし……」

「隠したに決まってますよ」ギョンジンはきっぱりと言い捨てた。「必ずありかを吐かせてみせますから」

ミョンウは、必死の思いで中年女性を見た。

「奥さん、僕は犯人じゃないですよね？　靴屋で若い男があなたのバッグを力ずくで奪ったから、僕が跡を追いかけたんですよね？」

「そうねえ……」被害者は自信のない顔でミョンウを見ている。「だって、あれよあれよという間に起きたことだから……」

「奥さんってば！　ちゃんと思い出してください！」彼は彼女のほうへ歩み出た。「僕はあなたと同じ店で靴を選んでたんです！　あなたを助けようと必死に男を追いかけて……」

「その口を閉じるのよ！」

物凄《ものすご》い剣幕でギョンジンが言った。言いながら腕まくりをする。それを見た途端にミョンウはたじろぎ、ただちに彼女の指示に従った。

「ヨ巡警」署長がゆっくりと進み出る。「君は今回はヘマをしてないんだな？」

ギョンジンは〝今回は〟の部分を気にも留めずに答えた。

「ご冗談を。それともこの私が信用できないとでも？」

「いや、その、もちろん、そういうわけじゃ……」

彼女は上司の答えに満足すると、ミョンウに向き直った。

「身分証を見せて」

ミョンウは渋々ズボンのポケットからカードケースを出そうとしたが、縛られたままの手が言うことをきかない。仕方なく口頭で答えた。

「ズボンの後ろのポケットです」

面倒臭そうにギョンジンがポケットに手を突っ込む。ミョンウはくすぐったくて思わず甲高い笑い声を出してしまった。

「ふざけないで」

無表情で言うと、彼女は取り出したケースから身分証を抜いた。写真と記載事項にじっと見入る。

ミョンウはすぐ目の前にあるギョンジンの横顔をまじまじと見つめた。化粧っ気のない、どちらかといえば幼さの残る顔立ち。食い入るように身分証を見つめるその瞳《ひとみ》には、暴走気味の正義感とともに、純粋な一途《いちず》さのようなものが同居しているかに見えた。こんなひどい扱いを受けてはいても、彼女が美人であることは彼も認めざるを得ない。

そんな彼の視線に気づいたかのようにギョンジンがきっと顔を上げた。

「職業は？」

彼は慌てて目をそらして答えた。

「教師です。スニク女子高校で物理を教えてます。……正確に言うと、まだ職を得たばかりで、来週の月曜に着任するんですけど」

「つまり、仮にそれが本当だとしたら、今は学校に連絡しても身元は証明できないってこと?」

「あ、そういうことになるかも……」

「笑わせないで! そんなデタラメばかりほざいてたら、人生を棒に振らせるわよ!」

「そんなに怒鳴らないでくださいよ。それより、真犯人を捕まえたいでしょ? 僕ならどんなやつだったか説明できますよ」

ギョンジンが疑わしそうな目つきをしながらも先を促したので、彼は言葉を続けた。

「服装は青いシャツに黒いズボン。髪にパーマをかけていて、片っぽの耳にピアス。小さい目にあごひげ、鼻が長くて顔色は白っぽくて、それから……そう、スエードの靴を履いていてそこには金の飾りがついてた」

事態を見守っていた警察官たちから感嘆のため息が漏れた。

「それを全部憶《おぼ》えてるの?」ギョンジンも目を丸くしたが、すぐさまその顔にほくそ笑みが浮かぶ。「ははあ、お前はそいつとグルね。私の推理を聞かせてあげるわ。お前は自分可愛さに仲間を売り飛ばしたのよ」

　どこまでひねくれた見かたをするのかとミョンウが反論しようとしたとき、被害者の女性がぼそりとつぶやいた。

「なんとなく、この方の言ってることは当たってる気がします」

　ギョンジンの肩がびくんと震える。

「ほらね？」すかさずミョンウが得意顔で言う。「お望みなら似顔絵だって描きますよ」

「うるさいわね。お前は共犯者に決まってる。絶対よ」

　自分の劣勢を悟ったのか、ギョンジンはビーチサンダルの音を響かせて壁際まで歩いて行ってしまった。だが、すぐに壁の一点を見つめたまま自信たっぷりの声で言った。

「こっちへ来て」

　壁際まで歩いた途端、ミョンウは彼女に胸ぐらをつかまれて背中を壁に押しつけられた。

「何するんですか？」

「笑って」

　とても笑える状況ではないが、彼女に逆らわないほうがよい場合を判断できる程度には学習していたので、彼は無理やり笑顔を作った。

「ほら、ほら、署長。似てませんか？　そっくりですよ」

彼女が勝ち誇ったように言う。ミョンウは横目で壁を見やった。そこには全国指名手配犯の顔写真ポスターが貼ってある。どう見ても彼とは似ても似つかない顔だ。おまけに指名手配犯はなぜか満面の笑顔で写っている。

「うーん、そうかなあ……」

半信半疑の面持ちでやってきた署長が言う。彼は似ていないほうに一票らしい。ミョンウは意を強くして叫んだ。

「どこが似てるって？　全然違う顔じゃないか！」

「黙って！」彼女は大声を出しながらもミョンウをあっさり解放した。「ちょっとあっちのソファに座っててよ！」

ミョンウがソファに腰を下ろすと、ギョンジンより階級が一つ上のチョ警長がやってきて手首のタオルを解いた。壁際を見やると、ギョンジンが署長にひそひそ話を聞かせている。「犯罪者の匂いがぷんぷんしませんか」という一言がソファまで聞こえた。

チョ警長がスケッチブックと鉛筆を差し出して言った。

「引ったくり犯の似顔絵を描いてみてくれますか？」

「もちろん喜んで。僕は模範的な市民ですからね。犯罪者だなんてとんでもない。生まれてこのかた、嘘だってついたことないんですから。一度もですよ」

ギョンジンにも聞こえるように言ったが、彼女は聞こえないフリをしている。ミョンウは大きなため息を一つついて、紙の上に鉛筆を走らせた。

彼は絵を描くのが得意中の得意だ。子供の頃は暇さえあれば落書きをしていたが、基本的にそれは今でも変わらない。イラストから写実までどんなタッチもそれなりにこなせるほど腕を上げ、アートの世界で生きる夢を胸に抱いたこともあったが、めぐりめぐって物理の教師に落ち着いた。そんな彼にとって犯人の顔をリアルに描くなど造作もない。

筆が進むにつれて、ミョンウの周囲をギャラリーが取り囲んだ。ほんの数本の線を入れるだけで犯人の顔が生き生きと見えてくるさまを目の当たりにして、警察官たちは仕事そっちのけで感動の声を上げている。今まさに立ち会っているのが、芸術作品の誕生する瞬間であるかのようだ。

その様子をひとり離れてぽつんと見ていたギョンジンも誘惑には勝てず、ギャラリーの人垣にこっそり近づき、ミョンウの描いた絵を覗《のぞ》き込んだ。

「へえ……悪くないじゃない」

彼女のつぶやきを耳にしたミョンウはにんまりした。彼の中に眠るアーティスト魂が一気に呼び覚まされる。これで彼女に一矢報いたと彼は思った。

似顔絵はたった数分で完成した。彼がスケッチブックを立てて警察官たちに見せると、署長をはじめとして一同から拍手が沸き起こった。

「よし、この絵を各派出所に電送して手配するんだ」

署長の号令で、事務担当がスケッチを持ってファクシミリ室に向かう。

ロビーにいる警察官たちは感心を隠そうともせずにミョンウを見ていた。どの視線も真っ白なスケッチブックに注がれている。彼らの望んでいることは一目瞭然《りょうぜん》だ。

「よければ、みなさんの顔も描きましょうか？」

先回りしてミョンウが言うと、待ってましたとばかりに歓声が上がった。そうと決まれば、タテ社会である警察機構は段取りが素早い。すぐにミョンウの目の前に椅子が用意され、署長が嬉《うれ》しそうに座り、その横に副署長を筆頭に階級と勤務年数順で、あっという間に列ができる。被害者の女性も列の中ほどにちゃっかり並んでいる。

ミョンウはノリノリで似顔絵を描きまくった。どの顔も男っぷり、女っぷりを三割増しで仕上げておく。それが、学生時代に小遣い稼ぎの似顔絵描きをしたとき体得した、お客を喜ばせるコツだ。警察官と被害者をいい気分にさせれば、釈放が早くなるだろうという読みもある。

列の最後尾から二人目のチョ警長を描き終えると、一番下っ端のギョンジンが椅子に座った。その顔はまるで子供のように期待に満ちている。

「私も描いて」その声に悪びれる様子は微塵《みじん》もない。

おそらく一番自信のある笑顔なのだろう。ポーズを取るギョンジンの姿は可愛らしい。

だが、ミョンウは彼女と目が合った途端、スケッチブックを乱暴に閉じて宣言した。

「イ・ヤ・ダ」

返事を聞いてたちまちふくれ面をしたギョンジンを尻目《しりめ》に、ミョンウは立ち上がった。

「もう帰ってもよろしいですか？」

署長以下、警察官たちは笑顔でうなずいた。そして各自の似顔絵に目を落として頬を緩める。

ミョンウは一同に一礼し、ギョンジンにはことさら慇懃《いんぎん》なお辞儀をしてから警察署をあとにした。

十五分後、ミョンウは自分が誤認逮捕された現場に舞い戻っていた。買い物の続きをするつもりだったが、ふと犯人の逃走経路をもう一度たどってみようと思いついたのだ。

路上に散乱していたゴミ缶はすっかり片付けられていた。さっきは追跡に夢中で気づかなかったが、路地には時おり微《かす》かな風が通り抜けている。

あと数日で三月になる。風は冷たく、まだ冬の影を引きずっているが、その中にすぐそこまで近づいている春の気配が混じっているようだ。ミョンウはひんやりした空気に頬を心地よく撫《な》でられながら路地を歩き、犯人を見失った角からさらに細い路地に入り込んだ。

足元に注意しながらしばらく行くと、飲食店の裏口に積んである箱の陰から革製のベルトが覗いているのが見えた。近づいてみると、見覚えのあるクリーム色のバッグ。犯人が棄《す》てていった物に違いない。彼はそれを拾い上げ、口を開けて中を覗き込んでみた。

そのとき、彼は背後にいやな空気を感じた。まさかと思いつつ振り返る。

ギョンジンが立っていた。

「うわあ！」ミョンウは思わず叫び声を上げた。「ち、違うんだ。たまたま見つけたんだよ。あの被害者のおばさんにこれから返しに行こうと……」

それには耳も貸さず、ギョンジンはニヤニヤ笑いながらバッグを彼の手から奪った。

「やっぱり、最初から私が正しかったのね」

「誤解だよ！　僕は引ったくりなんか……」

その先はギョンジンの痛烈なバッグ攻撃で封じられた。何度も振り下ろされるバッグを避けてミョンウが背中を向ける。その機を逃さず、彼女は彼の腕をつかんで締め上げた。

「お前を逮捕する！」

また警察署へ逆戻りだ。

ミョンウにとってもはやお馴染《なじ》みとなったスイングドアを開けたとき、突然フラッシュが光った。見ると、ロビーでは記念撮影が行われているところだった。チョ警長がデジカメを構え、警察官の面々が笑顔でレンズを見つめている。その中心に若い男がちんまりと座っていた。

ミョンウは驚いた。青シャツに黒ズボン、パーマに片耳ピアス、色白の顔に小さい目と長い鼻とあごひげ……。あの引ったくり犯だ。手に持たされている似顔絵と本人とはそっくりで、同一人物以外の何者でもない。

そのシーンに出くわしたギョンジンはといえば、かなりの衝撃を受けていた。警察署に入るまでの意気揚々とした態度はすっかり消え失《う》せ、茫然《ぼうぜん》と撮影風景を見つめている。自分の失態を後悔しているのが、ミョンウにもありありと感じられた。

「あの、署長」ギョンジンがためらいがちに尋ねた。「その男が……？」

「そう、例の引ったくり犯だ。単独犯だということも白状したよ」

ギョンジンは言葉を失い、目をぱちくりさせた。ミョンウをちらっと見てからきまり悪そうに視線を落とす。そのとき自分が手にしているバッグに気づき、それをチョ警長に手渡すと、わざとらしくつぶやいた。

「さて、と。もう帰ろ。今日は非番だし」

ミョンウと目を合わせずに、彼女は足早にスイングドアから外に出ていく。

すかさずミョンウは後を追った。

「ちょっと待って。どこへ行くつもりだよ？」

ドアを出たところで彼が呼びかけると、階段を下りきっていたギョンジンは、まるでいたずらを見つかった子供のように身をすくめて立ち止まった。

「僕に〝ごめん〟の一言ぐらい言ったっていいだろ？」

彼女がゆっくりと振り返った。どんな殊勝な顔つきをしているかと思いきや、ギョンジンは顔中に大きな笑みを浮かべている。そして言い放った。

「私の辞書に〝ごめん〟の文字はないの」

あまりの言い草に唖然《あぜん》とするミョンウに対して、彼女は言葉を重ねた。

「私の口から〝ごめん〟が聞きたいなら、あなたの名前を〝ごめん〟に変えることね。そしたら、名前を呼ぶときはいつでも〝ごめん〟って言ってあげる」

ギョンジンはさっと身をひるがえして警察署の敷地から立ち去った。ペタペタとビーチサンダルの足音が遠のいていく。

呆気《あっけ》に取られたミョンウはその場に立ちつくしていた。

(なんだ、あの女は？　何なんだ？)

ギョンジンのせいで味わった最低の一日を惨めな思いで噛《か》み締め、彼は神に願った。

(これから死ぬまでの間、あのロクでもない女には、どうか二度と会いませんように)

そして心に誓った。

(今後この警察署には絶対に近づかないぞ。あの正面玄関のスイングドアも二度と通るもんか！)

2

ミョンウはスイングドアを開けて警察署に入った。

ロビーには女性の副署長がデスクに座っているだけで、そこに集まっているはずの教師たちはひとりも見当たらない。副署長は彼に気づくといぶかしげに訊《き》いた。

「あなたは見回りの先生？」

どうやら、一ヵ月前に似顔絵を描いてもらったことなどすっかり忘れているらしい。

「はい、そうです。あの……」

「少しばかり遅かったようね。みなさん出かけちゃったわよ」

物理教師として赴任してから一ヵ月が経ち、授業にも生徒たちにも慣れて平穏な学校生活を送り始めた矢先、ミョンウは教頭から繁華街の未成年者取り締まり巡回を命じられた。この地区では、近隣の学校から教師がひとりずつ出て、警察官とペアを組み、夜の盛り場を定期的にパトロールしている。スニク女子高校では新任教師がこの役目を負うことになっており、今回は彼が任命されてしまったのだ。

再びこの署に来る羽目になり、おまけに遅刻してしまった。

「僕ひとりで盛り場を巡回しても仕方ないですよね？」

帰宅してよいという返事を期待して、ミョンウは尋ねてみた。

「いえ、ひとりじゃないわよ。あなたと組む巡警がそろそろ帰ってくる頃だから」

突如、けたたましいサイレンがミョンウの耳をつんざいた。パトカーが警察署に戻ってきたらしい。派手な急ブレーキの後、しばらくしてスイングドアが開き、いくつかの足音が騒々しく入ってきた。

「ちょっと待ってくれよお。警察官が俺みたいな無実の市民を殴っていいのかよお」

「その口を閉じなさい」

ミョンウには、振り返って確かめるまでもなく、誰の声だかすぐにわかった。忘れたくても忘れられない、いやーな記憶が蘇《よみがえ》る。

無実の市民を名乗る男がさらに文句を言い立てたが、突然、ロビーの壁がゴッンと大きな音を立て、一瞬の悲鳴が上がると静かになった。その様子を背中で聞きながら、ミョンウは着ているジャケットの襟を立て、なるべく顔が見えないように身を縮こまらせる。

「あれえ？」

明るい声とともに、彼の目の前にギョンジンの顔がぬっと現れた。

「ここで何してるの？　強盗かなんかに遭った？」

彼女は上機嫌で、気味が悪いほどニコニコしている。ミョンウは祈るような気持ちで副署長を見やった。

「あの、まさか僕と組む人っていうのは……」

副署長はギョンジンを指さした。

ミョンウとギョンジンは肩を並べ、この地区最大の繁華街を歩いていた。目の眩《くら》みそうなネオンや電飾看板のせいで、街は昼間のように明るい。

勤務服を着用しているギョンジンは、その人工光の中でも颯爽《さっそう》として見えた。巡警の記章が両肩についた淡いブルーグレーのシャツに黒ネクタイ、黒いズボンにブーツ。胸まで届く長い髪は、リボンでまとめて黒いキャップにたくし込んである。銀色の大きなバックルのついた幅広のベルトには、無線機、手錠、警棒、リボルバー拳銃《けんじゅう》入りホルスターがずらりと並ぶ。警察官として、身なりに一分の隙もない。

午後八時を少し回ったばかりの繁華街は華やいでいて、会社員や大学生がいかにも楽しそうにそぞろ歩いているが、なぜかギョンジンも浮き浮きと楽しげに歩いている。そして、時おりちらっとミョンウの顔を見ては満足そうに微笑む。

ミョンウはその視線が気になって仕方がなかった。微笑みながら何度も見るという行為は、相手に好意を持っていることを意味する。授業では教えないが、それは対人の第一法則という広く知られた物理法則だ。

彼がちらっと彼女を見返すと、ばっちり目が合ってしまった。対処に困った彼が作り笑いを返すと、ギョンジンははにかみとともに目をそらす。対人の第二法則によれば、はにかみを伴う好意はすなわち……。

ミョンウがひとりでどぎまぎしていると、ギョンジンが口を開いた。

「あなたの学校に、非行に走る子はたくさんいるの？」

「いや、わからない」彼は歩きながら、彼女の顔を見ずに答えた。

「薬物なんかにも手を出してる？」

「だから、まだよく知らないいんだ。僕が生徒たちと顔を合わせてから、まだ一ヵ月しか経ってないから」

そう言って彼女のほうに目をやると、そこにはもうギョンジンはいなかった。目を丸くした彼が周囲を見回すと、数メートル後ろの歩道にある屋台の横で彼女が手を振っている。彼がそこまで引き返したときには、彼女はもう串刺《くしざ》しおでんの最初の一本に手を伸ばしていた。

「おいしそう。食べていきましょ」

ミョンウは屋台から漂う香ばしい匂いに鼻孔をくすぐられた途端、生唾《なまつば》が出てきた。まだ夕食を食べていない。

彼もおでんを一つ取ったとき、すでに頬ばっているギョンジンが話しかけた。

「知ってると思うけど、今はたくさんの高校生が麻薬に手を出してるわ。エクスタシーって聞いたことあるでしょ？」

ミョンウも一口かぶりついてうなずく。

「それだけじゃないわ。校内暴力もハッカー行為も大きな問題になってる。でもね、最悪なのは、学校内でギャング団を組織して、ほかの生徒たちからお金を巻き上げてる連中よ」

彼女は二本目にむしゃぶりつき、目をらんらんと輝かせた。

「そんなやつらを全員しょっぴいて、きつーいお仕置きをしてやるわ。一生忘れられないお勉強をさせてやる」

「君にかかると学校は悪の巣窟《そうくつ》だね。ことわざにもあるだろう？　『悪しき心が悪しき人を見る』って」

「どういう意味？」

「いや、な、何でもない」

ギョンジンの目が鋭く光ったのを見て、ミョンウは慌てて発言を打ち消した。しばらく彼の顔をにらんでいたギョンジンは、無造作に串を投げ捨てた。

「あんたのおごりね」

不機嫌にそう言い捨てて屋台を離れていく。ぽつんと残されたミョンウは、仕方なく財布を取り出すしかなかった。

屋台のおばちゃんに紙幣を渡して釣り銭を待つ間、ギョンジンを目で追うと、ちょうど彼女の脇を五人の男子高校生の群れが通り過ぎるところだった。制服のワイシャツとネクタイをだらしなく着くずし、ズボンの裾《すそ》からかかとの潰《つぶ》れた靴を覗《のぞ》かせている。絵に描いたような非行グループだ。

高校生たちはギョンジンに目をとめると、下卑た顔でガンを飛ばした。彼らのリーダーであるムノは、相手が警察官であることもお構いなしに、タバコをくわえたままぷうっとギョンジンの顔面に煙を吹きかけた。彼にとってこのソウルの街で恐れるものなど何もない。

ギョンジンの向こう見ずな性格を知るミョンウが、トラブルの予感を感じたときにはもう、彼女の鋭い声が響いていた。

「ちょっと、君たち。戻ってきなさい」

だが、高校生集団は完全に無視を決めこんだらしく、彼女を振り返ることなく、歩調も変えずに歩いていく。

ギョンジンは足元に落ちていた炭酸飲料の空き缶を拾い上げた。真剣な表情で二度ほど手首をしならせ、缶の重さを確かめる。やおら大きく振りかぶって投げると、空き缶は放物線を描いてムノの後頭部を直撃した。カーンと虚ろな音が歩道にこだまする。

音があんなに響くのは缶が空っぽだからか、それとも頭が空っぽだからか、とミョンウが能天気に考えたとき、ムノは立ち止まり、まるでスローモーションのように振り返った。肩をいからせ、ギョンジンに近づいていく。

「投げたのはてめえか？　ねえちゃん」

ムノが彼女の目の前に立つと同時に、仲間たちがチームワークよく周囲を取り囲む。

「あんたたち、高校生でしょ？」彼女は表情一つ変えずに訊《き》いた。

「ああ」彼はくわえているタバコを吐き捨てた。「それがどうした？」

ギョンジンは路上に落ちたタバコを見やってから、ムノに視線を合わせた。

「拾いなさい」

「罰金はいくらだ？」高校生は不敵な笑いを浮かべている。「今すぐ払ってやるからよ」

「私を怒らせないほうがいいわ。早く拾いなさい」

「やだね」

「今すぐ拾うのよ！」

たちまちその場の緊張が高まる。

ミョンウはまだ屋台で釣り銭を待っていた。何度も小銭を数え直すおばちゃんに苛立《いらだ》ちながら、彼がハラハラして様子を窺《うかが》っていると、ムノの仲間であるニキビ面の高校生がギョンジンに近づいて、馴《な》れ馴れしく肩に手をかけた。

「何怒ってんだよ、ねえちゃん。さてはアノ日が近いんじゃねえか？」

その瞬間、ギョンジンの肩がすっと動いたかと思うと、高校生は一瞬のうちに歩道にキスしていた。腕を捻《ね》じり上げられて悲鳴を上げている。

彼女はニキビ面を踏みつけたまま、ムノを見据えた。

「さあ、タバコを拾って」

「ふざけてんじゃねえよ」

彼の顔にさっと赤味がさしたかと思うと、左目の下がぴくぴくと痙攣《けいれん》した。

「おい、てめえみたいなアマのせいで、今日一日がクソ面白くなくなっちまったぜ。ちょっと顔を貸しな。たっぷり可愛がってやるからよ」

高校生たちは近くの路地に入っていった。ニキビ面も起き上がって後を追う。

ようやく釣り銭を受け取ったミョンウは、駆けつけるなり、歩き出そうとしているギョンジンの袖《そで》をつかんだ。

「頼むから落ち着いて。何も君があいつらを懲らしめなくてもいいじゃないか。学校に通知すれば、それで処分されるんだから」

いくら格闘術を身につけていても多勢に無勢だ。だが、そんなミョンウの心配をよそに、彼女は彼の手を振りほどいて路地に向かう。

路地の奥は表通りから死角になっており、ネオンや電飾の光も届かない。不気味な薄暗がりの中、すでに五人の高校生は扇状に広がって、ギョンジンを待ち構えていた。

まるで無防備そのものの彼女が五人に近づくと、ムノがいきなり一歩踏み出した。

「このクソアマ！」

彼の放った右パンチを、ギョンジンの左腕が空中で止め、次の瞬間には彼女の右こぶしが彼の鼻にヒットしていた。ムノが尻餅《しりもち》をつく前に、次の少年が飛びかかる。彼女は足払いで彼をつんのめらせ、背中に手刀を叩《たた》き込んだ。背後からつかみかかろうとしていた三人目は、ギョンジンの回し蹴《げ》りで吹っ飛んでいく。四人目と五人目が同時に襲いかかったが、彼女が二人の襟首をつかんで頭を鉢合わせさせると、あえなく路上に崩れ落ちた。路地の入り口から頭だけ出して推移を見守っていたミョンウは息を呑《の》んだ。そこまで約五秒。

すぐに第二ラウンドが始まり、起き上がった高校生たちが次々にギョンジンに攻撃を加えようとしたが、ことごとく封じられ、逆に被害を被るばかりだった。彼らは頬をすりむき、まぶたを腫《は》らし、ワイシャツは汚れ、体のいたるところを手で押さえている。

やがて二本足で立っているのはギョンジンひとりとなった。息も上がっていなければ、顔に汗の一つも浮かべていない。彼女はムノの首根っこをつかんで半ば強制的に立ち上がらせると、表通りのほうへ歩き始めた。

「離せよ、離してくれよ」

先ほどの勢いはどこへやら、ムノは鼻血にまみれた顔を歪《ゆが》め、ずるずると引きずられていく。

「こんなことして、ただで済むと思うなよ。絶対後悔するぞ、クソアマ」

ギョンジンがブーツで蹴りつけると、ムノは「助けて、パパ……」と蚊の鳴くような声を発した。彼女はタバコの落ちている場所まで戻り、彼を離した。

「さあ、拾うのよ！」

ムノは悔しさに涙を流しながら、自分の捨てたタバコを拾い、ポケットに入れた。それを見たギョンジンがにんまりすると、彼は仲間を引き連れてほうほうの体《てい》で夜の街に消えていった。

彼女はミョンウに合図すると、何ごともなかったかのように巡回に戻った。そしてまた歩きながら彼に微笑みを送る。

大立ち回りを目の当たりにしたミョンウは、彼女の強さに舌を巻いたが、同時に呆《あき》れてもいた。あまりにも無鉄砲すぎる。

そんな彼の危惧《きぐ》はすぐに現実のものとなった。

ある路地にさしかかったとき、ギョンジンが何かを見つけて不意に立ち止まった。さっと身を隠して路地奥の闇を窺う彼女の目は、異様に輝いている。

ミョンウが彼女の肩越しに覗いてみると、男が二人、向かい合って立っていた。黒っぽい服装の二人はともに銀色のアタッシェケースをさげている。何やら言葉を交わしてうなずき合うと、ケースを交換した。

「麻薬取引よ」

ギョンジンが囁《ささや》いた。押し殺した声に興奮がにじみ出ている。

「麻薬だって？」ミョンウの背中をいやな冷や汗がつたう。

「左側の男が売人だわ」

取引を終えた二人の男は、別れの挨拶《あいさつ》もなしに別々の方向へと歩き出した。

「あの売人の跡を追えば、麻薬密輸団を一網打尽にできるわ」

「冗談じゃない！」ミョンウは思わず叫んだ。「僕たちは未成年者の補導にきたんじゃないか。いきなり麻薬犯罪の取り締まりだなんて話が違いすぎるよ」

「何言ってるの？　あいつらは未成年者にだって売りつけるのよ」

「でも、ここは麻薬担当の部署に任せようよ。警察署に連絡を入れて、僕たちはさっさと見回りに戻ったほうがいい」

「却下。担当官が到着する前にあいつらは逃げちゃうもの」

それを聞いたミョンウは、かぶりを振りながらギョンジンの背中から離れた。

「好きにしてくれ。君は売人を追えよ。僕はこれで帰るから」

カチリ。

彼は音の発生源を見下ろして啞然《あぜん》とした。彼の右手とギョンジンの左手が、黒光りする手錠で結ばれている。

「ちょ、ちょっと。どういうこと⁉」

ギョンジンはそれには答えず、ミョンウの手を引きずって暗い路地へと突進していく。

その路地は迷路のようだった。狭くて曲がりくねっており、平坦《へいたん》な道が急に階段に変わったりする。側溝から立ち上る蒸気の中に得体の知れない看板が浮かび上がり、人の気配がまったくない。まるで魔窟《まくつ》へ続く道といった趣だ。

売人はときどき背後を気にしながら歩いていく。ギョンジンは注意深く間合いを取りつつ尾行した。ミョンウはただ引きずられている。

どれほど歩いただろう。もはや繁華街の喧騒《けんそう》はまったく聞こえない。しんと静まり返った暗い道で、ミョンウは手首の痛みに我慢できなくなって声を上げた。

「いい加減に離してくれ。まるで僕を罪人扱いじゃないか」

売人がはっとして振り向く。ギョンジンは慌ててミョンウの口を押さえ、道端の暗がりに連れ込んだ。しばらく様子を窺《うかが》っていた売人はまた歩き出した。

「静かにしてよ！　見つかっちゃうじゃない」彼女は小声で言った。「それに、おとなしくついてこないと、手錠が食い込んで余計に痛くなるわよ」

「何でもいいから、手錠の鍵《かぎ》を出してくれ。今すぐ！」ミョンウは泣きついた。

「そんな物、持ってないわ」

「ふん、そんな嘘を」

彼はギョンジンの勤務服の胸ポケットを探ろうとしたが、いきなり頬に平手打ちを食わされた。

「どこ触ろうとしてんのよ、ヘンタイ！」

彼女はミョンウをにらみつけると、彼に言い訳する暇《いとま》も与えずに尾行を再開した。

さらに延々と歩いた揚げ句、売人は路地の行き止まりで足を止めた。あたりに目を配った男は、目の前にある塀をよじ登って向こう側に消えた。彼が戻らないのを確認してからギョンジンが塀まで小走りに近づく。高さ一・八メートルほどの塀を見上げた彼女は、傍らのミョンウを振り返った。

「馬になって」

「偉そうに言わないでほしいね」

「いいから、馬になるのよ！」

言いたいことは山ほどあったが、ミョンウは彼女の気勢に負けて塀に両手をつき、中腰の姿勢をとった。ギョンジンは彼の背中と肩を踏みしめて塀の上の人となった。ミョンウが苦労して登り、二人して顔を見合わせる恰好《かっこう》で塀の上に腹ばいになる。

「ねえ、先に降りて、また馬になって」

文句も言わずに塀の内側の地面に降り立ったミョンウは、再び塀に両手をついて中腰になる。途端に彼はぎょっとした。隣に誰かが立っている。

よく見ると、ほろ酔い加減の老人だった。老人もミョンウの唐突な出現に驚いたようだが、まさに立ち小便の最中だったので、その姿勢を変えられない。ミョンウのほうもギョンジンが肩から背中に移動している最中で動くに動けなかった。

ミョンウは急に屈辱を感じて、地面に降り立った彼女に怒鳴った。

「僕を何だと思ってる！　はしごか？　階段か？　僕はそのどっちでもない、教師だ！　こんな風に踏みつけにされる筋合いはないぞ！」

だが彼女は、それを意に介することもなく老人のほうに顔を向けた。

「公共の場での放尿は禁止されています。いいですね？」

そして手錠の相棒を引っ張って歩き出した。ミョンウはすっかりプライドを傷つけられたが、周囲の景色を見るとどうやらそんな場合ではないらしい。塀の内側は大きな廃工場だった。星明かりに浮かび上がるトタン板張りの巨大な建物には、危険な悪事の匂いが立ち込めている。

送電施設の物陰に身をひそめ、前方を見ていると、売人は工場の外壁に沿って足早に歩いていく。そして建物の角を曲がって消えた。

すぐさまギョンジンが走り出す。ミョンウも右手を引っ張られる前に自ら物陰を飛び出した。ここまで来てしまうと、なぜか腹が据わっていた。

建物の角まで行ってそっと覗《のぞ》いてみると、売人が扉の中へ入ったところだった。扉が閉まるのを待って、ギョンジンとミョンウもそこへ近づいた。スライド式の鉄製扉には小さな磨《す》りガラスが嵌《は》まっており、そこからうっすらと明かりが洩《も》れている。ギョンジンは扉に耳をつけてみたが、中の様子はまったく聞こえない。

彼女はホルスターから拳銃《けんじゅう》を抜いた。ミョンウがそれを見て青くなったが、彼女はお構いなしに彼に目で合図を送り、左手を扉の取っ手に掛けた。ミョンウも弱気を奮い立たせて、手錠でつながった右手を添える。うなずき合った二人は一気に扉を引き開けた。

「警察だ！」

ギョンジンがそう叫んでリボルバーを構える。

その途端、麻薬取引の真っ最中だったロシア人ギャング十名と韓国人ギャング十名が、驚愕《きょうがく》の顔で一斉に振り向いた。

それだけでも十分気分が悪いのに、ミョンウの気持ちをさらに暗くさせたのは、自分たちに向けられた二十挺《ちょう》の銃だった。

3

しばらく誰も口を利けなかった。

凍りついた静寂を破ったのはロシア人のボスだった。彼は、オートマチック拳銃を韓国人ギャングに突きつけ、ロシア語で何やら喚《わめ》き立て始めた。

韓国人のボスも負けじと大声で応じる。

「ふざけんじゃねえ！　こっちだって警察なんか呼んだ覚えはねえぞ！　そっちがハメやがったんじゃねえのか、ロシア野郎！」

ロシア人ボスもさらに声を張り上げ、手にした銃を振り回す。

それに対して韓国人ボスも銃口をロシア人に向けて怒鳴り散らした。

「俺たちの中にスパイなんかいねえ！　いるんなら、そっちだろ！　初めっからお前らは信用ならねえと思ってたんだ！」

ロシア人ボスが口から泡を飛ばしながら、銃を下ろすようにと叫ぶ。

「そっちこそ下ろしやがれ！」韓国人ボスも一歩も引かない。

ミョンウとギョンジンは取り残された気分で、顔を見合わせた。火中に飛び込んでしまった以上、逃げることもできず、事態の行方をただ見守るしかない。

やがて手下たちも言い争いに加わった。ロシア語と韓国語が入り乱れ、がらんとした工場内でわんわんと反響している。

どちらが先に撃ったかはわからない。

一発の銃声が轟《とどろ》いたのを合図に撃ち合いが始まった。二十挺の銃が一斉に火を噴き、何人かがその場に倒れ込んだ。

ギョンジンはミョンウの背中を抱えるように慌てて身を伏せた。

剝《む》き出しの硬いコンクリートの床にうつ伏せに倒れたミョンウが顔をしかめた瞬間、耳元をひゅんと音が通り抜け、途端に彼の血の気は引いた。

ギャングたちは双方とも相手との距離が近すぎると気づき、ぱっと左右に分かれた。誰もが遮蔽物《しゃへいぶつ》になるものを探して好き勝手な位置に移動したため、銃撃戦は工場内いっぱいに拡散していく。互いに鉄柱の陰から銃弾を応酬し、鉄梁《てつりょう》の上から狙い撃ちし、乱射しながら駆け回る。

最初はオートマチック拳銃同士の単発戦だったが、そこにマシンガンが加わった。連射音がギャングたちの喚き声を圧し、銃弾が鉄柱に火花を散らせ、コンクリートの床をえぐっていく。

ミョンウたちは身動きできずにいた。ギョンジンは手にしたリボルバーの銃口を目まぐるしく動かして狙いをつけたが、引き金は引かなかった。固く身を伏せ、ミョンウを上から押さえつける。

ギョンジンの下で、ミョンウはただ震えているしかなかった。

室内に立ち込めた硝煙の向こうで、悪人がひとりまたひとりと倒れていく。撃ち合いはほぼ互角のようだった。韓国側もロシア側も一歩も引かず、それゆえにいたずらに死者を増やしていく。

やがて銃撃が散発になったかと思うと、急に銃声が止み、工場内がしんと静まり返った。ギョンジンは警戒しながらゆっくりと立ち上がり、ミョンウを起き上がらせた。幸いどちらの体にも弾は当たっていない。

彼女は先頭に立って歩き、工場内をチェックした。落書きだらけの壁にはいくつもの穴があき、点々と血が飛び散っている。コンクリートの床には空になった弾倉や薬莢《やっきょう》が散乱し、十数名の死体が転がっていた。生き残った連中はどうやら逃げてしまったらしい。安全を確認した彼女はリボルバーをホルスターに差し込んだ。

そのときサイレンの音が工場の周囲を取り囲んだ。扉がすべて開け放たれ、そこから警官隊がなだれ込む。室内はあっという間に警官でいっぱいになった。

突然、警官たちの中から私服姿の男が突進してきた。ギョンジンはその顔を見て驚いた。

さっきまで尾行していたあの売人ではないか。

売人が怒り狂った顔でパンチを繰り出してくる。ギョンジンは左手でそれを受け止めた。

「うわあああああ」

つながれた腕を強烈に引っ張られ、ミョンウは叫び声を上げた。

ギョンジンの右手が素早く動き、リボルバーが真っ直ぐ売人の男に狙いをつけた。だが
売人は、銃が目に入らない様子で顔を真っ赤にして怒鳴った。

「ばか野郎！　お前はいったいどこの人間だ⁉」

売人の男はギョンジンにつかまれたこぶしを振り回して叫んだ。

「放せ、間抜け！　俺はアンダーカバーだ！　このヤマをずっと追ってたんだ！」

囲んでいる警官たちが一斉に敬礼する。

だが、ギョンジンはポカンとした表情をミョンウに向けた。

「アンダーカバー……って何？」

警官隊のひとりが呆《あき》れ顔でギョンジンに教える。

「犯罪組織に潜り込んで、仲間のフリをしながらやつらを捕まえる捜査官だ」

「へ……?」

そう言うなり彼女は男から手を放し、構えた銃を下ろした。

潜入捜査官は怒りに震える人差し指をギョンジンに突きつけた。

「お、お、お前は、自分が何をしでかしたかわかってるのか? 俺のヤマをぶち壊しにしやがったんだぞ! 間違いなくやつらを全員パクれたのに! この作戦にどれだけの時間と労力を割いたか、お前に想像できるか? 俺がどれほど苦労してここまで段取りしたか知ってるか! ミュージカルの群舞シーンを演出するよりもずっとずっと難しい段取りだったんだぞ!」

最後の部分はもう一つ呑《の》み込めなかったが、ギョンジンは黙って聞いていた。

「それを、それを、お前ときたら台無しにしやがって! お前のやったことは、ピカソの絵にクソを塗りたくるよりひどいことだぞ!」

潜入捜査官の喩《たと》え話は少々わかりにくい。

彼は「うおおお」と雄たけびを上げると、壁に自分の頭を打ちつけ始めた。慌てて部下たちが止めると、今度は彼らを手当たり次第に殴りつける。

ミョンウはそっとギョンジンの袖《そで》を引いた。

「ここを出よう」

ギョンジンがうなずく。ミョンウの意見に彼女が賛同したのは、初めてのことだ。二人は騒ぎを見つめる警官の輪をこっそり抜け出した。建物から出ると、塀まで一気に走る。誰も追ってはこなかった。

入ったときと同じ方法で塀を乗り越えて着地すると、二人はしゃがみこんだ。互いに荒い息で喘《あえ》いでいるうちに、笑いがこみ上げてきた。ミョンウは生まれてこのかた、兵役期間中を含めても、銃撃戦など経験したことがない。飛び交う実弾をくぐり抜けて生還した安堵《あんど》感から、彼はたがが外れたように声を上げて笑った。ギョンジンもそんな彼を見て吹き出した。二人して狂ったように笑い合う。

笑い転げながらミョンウが言った。

「手錠、外してくれない？」

ギョンジンも大笑いしながら胸ポケットを探った。その表情がたちまち曇る。

「鍵《かぎ》がないわ。どこかに落としちゃったみたい」

「嘘だろ？　もう一度探してみてよ」

「だって、いつもここに入れてるんだもの」彼女はポケットを叩《たた》いてみせた。「やっぱりないわ」

ミョンウの笑いが引きつった。

「ちょっと僕に見せて」

彼がギョンジンの胸ポケットに手を伸ばすや、すかさず平手打ちが飛んだ。

「気安く触んないで！　まったく油断も隙もないんだから」

「そんなつもりじゃ……」

どうしていつもこうなるのかと、ミョンウは理不尽な思いでいっぱいだった。

彼がひりひりする頰を押さえながら立ち上がると、その拍子に手錠の鎖がぴんと張り、ギョンジンの右手が吊《つ》り上げられた。

「痛いわよ！」

腕を引っ張られた恰好《かっこう》で彼女も立ち上がる。

ミョンウは手首をさするギョンジンを見つめていた。そして、少し考えてから、彼女の手をためらいがちに握った。

「こうすれば、多分痛くないよ」

手をつないでいれば、鎖が弛《ゆる》んだままになり、手錠が手首に食い込むことはない。

「本当。全然痛くない」彼女は感心した。「よく思いついたわね」

「こう見えて僕は物理の先生だからね」

「頭いいんだ」

ギョンジンはそう言って彼に微笑みかけると、気恥ずかしそうに目を伏せた。ミョンウも急に照れ臭くなり、目をそらした。

路地はしんと静まり返っている。聞こえる音といえば、二人の息遣いだけ。動くものもない路地の闇にたたずんでいると、あたかもこの世界には自分たちしか存在していないように思えてくる。

ミョンウは手をつないだまま深呼吸してみた。吸い込んだ夜気がとても冷たい。それに比べて彼女の手はとても温かかった。握った手のひらを通じてギョンジンの脈拍が感じられる。心なしか鼓動が速いようだ。それがさっき全力疾走した名残なのか、それとも別の理由によるものか、彼にはよくわからなかった。

ミョンウとギョンジンは繁華街に戻った。

巡回が中途半端ではあったが、まずは手錠を外すために署に帰ろうということになった。手を握り合って歩いている若い女性の警官と若い男の組み合わせは、通行人たちの注目の的だったが、ミョンウは見られていても少しも気にならなかった。あれだけの乱闘や銃撃戦の後では他人の視線など何ということもない。

突然、ギョンジンが立ち止まった。

「どうしたの？」ミョンウが驚いて尋ねる。

「……トイレ」

「えっ⁉　でも、僕たちは……」

ミョンウはじっと手錠を見下ろした。

これでは彼も女子トイレに同行しなければならない。そればかりか、一緒に個室に入らなければいけない可能性もある。

しばらく考えた末に、ギョンジンひとりが個室に入り、ドアの隙間からミョンウが腕だけ伸ばそうということになり、二人は近くにあったファストフード店に飛び込んだ。

そのトイレは男女兼用だった。だが、ドアを開けた途端、二人は顔を見合わせた。どういう設計なのか、便器がドアから二メートルも離れている。これではいくらミョンウが手を伸ばしても、彼女は便座に座れそうにない。

ギョンジンはそこに入るのを諦《あきら》めて、ドアを乱暴に閉めた。

「じゃあ、こうしよう」ミョンウが覚悟を決めた顔で言う。「仕方ないから、ここに一緒に入ろうよ。僕はちゃんと目をつぶってるから」

「いやよ、そんなの」

「じゃあ、君も目をつぶれよ。そしたら恥ずかしくないだろ？」

「笑わせないで。もれちゃう……」

ファストフード店をあとにした二人は、街角にある大きな公衆トイレにたどり着いた。ギョンジンはミョンウの手を引っ張って女子トイレに駆け込んだ。そして個室のドアを開け放つ。

今度は便器がほどよい位置に固定されている。

彼女は嬉《うれ》しそうに微笑むと個室に飛び込んだ。ミョンウが右腕を中へ真っ直ぐ伸ばし、ドアを途中まで閉めて押さえる。

準備万端で便座に腰掛けたギョンジンは、ふと個室内の鏡に目をやった。驚いたことにそこにミョンウの顔が映り込んでいる。

「覗《のぞ》かないで！」

彼女はドアレバーをつかんで力まかせにドアを引いた。

「ぎゃあああ！」

ミョンウは挟まれた腕の痛みをこらえつつ、慌てて目を閉じて後ろを向いた。

「見てないから、見てないから」

ギョンジンは鏡でそれを確認すると、水洗レバーに手をかけた。作業中の音を彼に聞かれたくはない。ところが何度押し下げても水が流れてこない。肝心なときに故障中とは。

困った彼女はドアの外に向かって言った。

「ねえ、何か歌って」

「歌？　ここで？　何のために？」

「いいから、歌ってよ！」

「何を歌えばいい？」

「どんな歌でもいいから！」

ミョンウは咳払《せきばら》いをすると歌い始めた。

「小川の水が～さらさら流れゆく～……」

「もっと大きな声で！」

彼は声を張り上げた。

「小川の水が～さらさら流れゆく～魚たちは～泳ぎ回り～」

そこへひとりの中年女性が入ってきた。彼女はミョンウの姿を見て驚き、一度入り口まで戻って〈女性用〉の表示を確認してからまた入ってきた。だが、彼が片腕をドアに挟んだまま熱唱している様子に恐れをなして、そそくさと立ち去った。

「風に揺れる～小枝の中で～カッコウたちは～さえずるよ～」

「ちょっと」ギョンジンが中から声をかける。

「歌うときは、ちゃんと正しい歌詞で歌って。そこは『カッコウたちは』じゃなくて『カナリアたちは』よ」

「何だよ」彼はむっとして応じた。「おしっこに集中しろよ」

「もう終わったもん。……ねえ、ティッシュペーパーない？」

彼はポケットを探り、周囲も見回した。

「ないけど」

「じゃあ、ハンカチ貸して」

ミョンウが隙間からハンカチを差し入れてしばらくすると、ドアが開いてギョンジンが出てきた。その手には何も握られていない。

「僕のハンカチは？」

「ごみ箱に捨てちゃった」

「どうしてそんなことするんだよ？」

「使ったから」

「だって手を拭《ふ》いただけだろ？」

彼女はミョンウの鈍感さに肩をすくめると言った。

「何？」

「拭いたのはもっと下の部分よ！」

その言葉にミョンウは顔を赤らめたが、ギョンジンは彼の手をしっかり握ると、すっきりした顔で歩き出した。

警察署に戻ってみると、ロビーには誰もいなかった。しばらくすると奥のほうから署長が現れた。勤務終了後の歯磨き中だったらしく、歯ブラシを手にしている。

ギョンジンが手錠の鍵《かぎ》を紛失したことを報告すると、署長は二人をつないでいる手錠を見下ろして顔を曇らせた。

「残念だが、ここにも鍵は一つも残っておらんよ。大きなガサ入れがあったもんだから、署員がひとり残らず応援に駆り出されて、そのとき署内の手錠はすべて彼らが携帯していってしまった」

つまり、手錠と組みになって保管されている鍵も出払っているというわけだ。ミョンウとギョンジンは落胆の顔を見合わせた。

口の周囲についた白い泡を拭きながら、署長が口調を改めた。

「ところで、ヨ巡警。一つ問題が起きておるのだ。君が今夜、路上で高校生を殴ったというのは本当かね？」

「はい」ギョンジンは警察官らしく胸を張って答えた。「それが何か?」

「いや、実は、その少年の父親というのが市議会議員でな。息子から事情を聞いて、相当おかんむりらしい。間もなくここへねじ込んでくると思うから、こんなところでぐずぐずしていないほうがいいぞ」

「でも、私は何ら間違ったことをしていません」

「しかしな、その議員というのが、ナイトクラブ業界のゴッドファーザーと呼ばれておる男なのだ。彼の政治資金はすべて歓楽街から吸い上げられたものと言ってよい。つまり、ヤクザと変わらないということだな。そんな男が議員の権力を握っているもんだから、私らも迂闊《うかつ》には手を出せん。わかるな?」

署長はなだめるようにギョンジンにうなずいてみせた。

「だから、悪いことは言わん。議員の怒りが鎮まるまでここには近づかないことだ。身を隠すのが君のためだぞ」

突然、警察署のスイングドアが開いた。

ミョンウが驚いて振り向くと、そこには恰幅《かっぷく》のよい中年男が、目つきの悪い男たちを従えて仁王立ちしている。

彼こそソウル市議会議員のイ・バンヒョンだ。

4

「どうやら自己紹介の手間が省けたようだな、署長」

議員はそう言いながら、威圧的な態度で警察署ロビーに入ってきた。スイングドアの向こうで会話を聞いていたらしい。

「ご機嫌いかがですか、議員閣下」

慌てて腰を低くした署長を押しのけ、議員はギョンジンの前に立った。彼の背後には手下たちが居並び、威嚇の目を光らせる。

議員は値踏みするように彼女を見てから、ドスの効いた声を響かせた。

「私の息子をぶちのめしたのはお前か？　クソアマ」

「私ですけど。それが？」

ギョンジンは昂然《こうぜん》と顔を上げて答えた。それを見て青くなった署長が「あの、閣下」と割って入ろうとする。

「君はどいていたまえ、署長」

「ですが、閣下。ほんの数分だけ、あちらで私からお話が……」

「失《う》せろ！」

手下たちが手を伸ばすと、署長はあっという間に議員のそばから引き離された。

議員はギョンジンに向き直ると、冷酷な目で見据えた。

「息子に暴行を加えるとは、お前はいったい何様のつもりだ？　おまわりだからって、それが何だ？　命知らずも大概にしろ！」

彼はいきなりギョンジンの頰を張り飛ばした。

驚いた彼女は、無言のまま議員に怒りに満ちた目を向けた。

「何だ、その目は？　生意気だぞ！」

二発目が同じ頰を襲う。

ギョンジンはぐっと奥歯を嚙《か》み締めて耐え忍んだ。巡警の身で議員に手を出せば、警察を即刻クビになってしまう。彼女には、どうしても警察官を辞められない理由があった。誰も知らない秘密の理由が。

さらに議員が手を振り上げるのを見て、ミョンウが反射的に彼の前に立ちふさがった。間近で見るイ・バンヒョンの顔は悪魔のように恐ろしかったが、彼は勇気を振り絞って言った。

「暴力はやめてください。冷静になりましょうよ。この場は話し合いで解決を……」

「誰だお前は？　目障りだ！」

今度はミョンウに平手打ちが飛んだ。これで彼は今夜、三発食らったことになる。だが、この一発は、ギョンジンから受けた二発とは比べ物にならない衝撃力だった。たちまち彼はよろよろと後退した。

それを見たギョンジンは咄嗟《とっさ》にこぶしを固めたが、それを打ち込むのは何とか思いとどまった。

手を出せないでいる彼女をいたぶるような目で見ながら、議員が問いただした。

「私の息子がいったい何をした？　答えてみろ。罪のない子供が、なぜおまわりに殴られなきゃならない？」

「あなたの息子さんは、夜遅くに盛り場をうろつき、路上で喫煙していました。ですから私が指導を与えました」

「盛り場にいて何が悪い？　それにあいつのタバコは私が黙認してるんだ。親の方針におまわり風情が口を出すのか？　自分をわきまえろ！　このクソアマ！」

「その〝クソアマ〟はやめていただけませんか……このクソ野郎！」

彼女の言葉に、その場の全員がはっと息を呑《の》む。

議員は目を丸くして署長を見やった。

「聞いたか、このクソアマの言い草を？　こいつは首の骨をへし折られたいらしいな」

「ヨ巡警、落ち着きたまえ」署長はそう注意を与えてから議員に向き直る。「閣下、この者には後ほど私から厳しく叱責《しっせき》しておきますので、どうか、この場はお引き取り願えませんでしょうか？」

「生ぬるい！」

議員の顔に赤味がさし、左目の下がぴくぴく痙攣《けいれん》し始めた。キレたときの反応は息子とまったく同じだった。

「クビだ、クビクビ！　こいつをクビにしろ！」

それを聞いてギョンジンが飛びかかろうとしたが、ミョンウは彼女をしっかりつかんで放さなかった。彼女の体はわなわな震え、悔しさのあまり涙ぐんでいる。

「こんなクソおまわりは、税金の無駄遣いだ！　即刻辞めさせろ！」

ギョンジンは我慢がならず、ついにリボルバーの銃把に手を伸ばした。気づいたミョンウが慌ててその手を押さえつける。銃はホルスターから数センチ浮き上がったが、周囲に見とがめられる前に中に戻された。

「おい、クソアマ。これから夜道を歩くときは気をつけたほうがいいぞ」

議員は吐き捨てるように言うと、手下たちを振り返った。

「いいか、お前たち。このアマの顔をよく憶《おぼ》えとけ。街で出くわしたら、そのときはどうすればいいか、わかってるな」

「へい、先生！」

手下たちが声を揃えて答えるのを聞いて、ギョンジンはついに涙をこぼした。指先が白くなるほどこぶしを固く握り締め、議員に叫ぶ。

「あんたと私の問題よ！　サシで勝負しなさいよ！」

「おいおい、私がお前みたいなクソおまわりを相手にすると思うか？　どこからそんなバカげた考えが出てくるんだ。ふざけるな！」

「怖いのね？　そうでしょ、クソ臆病《おくびょう》野郎！」

「減らず口を叩《たた》くな！」

議員は先ほどにも増して強烈な平手打ちを彼女に見舞った。ギョンジンの顔ががくんと横向きになったところへ、反対側の頬にも平手が飛ぶ。彼女は悔し涙を流しながら、卑劣な攻撃を黙って耐えていた。

それを目の当たりにしたミョンウの肩がぶるぶると震え出す。顔が真っ赤になったかと思うと、絶叫がほとばしり出た。

「ちくしょう！　こんなの黙って見てられるか！」

彼の突然の爆発に、ギョンジンは驚いた。議員も何ごとが起きたのかと、思わず振り上げた手を止めた。

ミョンウは目を吊《つ》り上げて議員の前に進み出た。

「おい！　市議会議員だか何だか知らないが、それがどうした！　議員だからって、警察官を殴りつけていいわけないだろ！」

「だから誰なんだ、お前は？」議員が邪魔臭そうに訊《き》く。

「俺か？　俺はな……」

ミョンウは手錠でつながれた腕を上げてみせた。

「ソウルの街を震撼《しんかん》させた凶悪犯だ！　殺人と放火とレイプをいやというほど繰り返して、今夜捕まったところさ！　お前には腹の底からムカつく！　どうせ俺は電気椅子送りになるんだ！　死ぬ前にあとひとり殺したところで同じこと！　地獄への道連れだ！　ぶっ殺してやる！」

言うが早いか、彼はギョンジンの腰からリボルバーを引き抜き、議員の額にぴたりと狙いをつける。

銃口をまさに目の前で見た議員は言葉を失い、ごくりと唾《つば》を飲み込んだ。さきほど振り上げたままの手に加えて、もう一方の手も高く上げる。

「ま、待て……」

「そこに正座だ」

ミョンウが命じたが、議員は目を見開くばかりで動こうとはしない。

「正座しろって言ってんだろ！　間抜け！　その頭から脳みそが飛び散る前に、とっととひざまずけ！」

今まで他人に何かを命じられた経験のない議員は、ショックを受けた様子で周囲を見回している。そして署長に目をとめて弱々しく訴えた。

「君、そこで見てるだけか？　何とかしたまえ」

署長も目をしばたたくだけで、手の下しようがない。

「おい、議員先生」ミョンウは銃口を額に押しつけた。「あんたが自分で蒔《ま》いた種だぜ。さっさと正座しないか！」

彼が引き金を絞る素振りを見せると、議員は渋々ひざまずいて正座した。その顔が屈辱に歪《ゆが》む。韓国では正座は罪人の姿勢だ。

ミョンウは茫然《ぼうぜん》と突っ立っている手下たちにもリボルバーを向けた。

「お前らも正座だ！　今の世の中、陰で何をしてるかわからない薄汚い金持ちどもが、でかい顔してのうのうと生きていやがる！　俺はそんなクソみたいな世界に嫌気がさしてるんだ！　正座しろ、金持ちの腰巾着《こしぎんちゃく》ども！　いいか、この俺には失う物なんて何もないんだぞ！」

一気にまくし立てると、手下たちが先を争って正座した。

ギョンジンはすっかり呆気《あっけ》に取られていた。口をポカンと開け、まるで魅入られたようにミョンウの横顔をじっと見つめている。

「よし」ミョンウは議員一味が全員座ったところで命令を下した。「俺が言うことを復唱しろ。『申し訳ありません、おまわりさん』」

「申し訳ありません、おまわりさん」正座の一団がぶつぶつと言う。

「もっと大きな声で！」

「申し訳ありません、おまわりさん！」

「『あなたには二度と手を出しません』」

「あなたには二度と手を出しません！」

ミョンウは満足そうにうなずき、議員を見下ろした。

「息子にもちゃんと礼儀を教えとけ。いいな？」

「それは繰り返さないでいいんだ、バカ」

ミョンウは議員を蹴《け》りつけた。

「すみません、凶悪犯さま」

議員は身をよじり、手下の前にもかかわらず、ぺこぺこと頭を下げた。

「よおし。今から三つ数えるから、その間にここから出てけ。俺が『三』と言ったときにまだこの場に残ってるやつは、命がないと思え。いくぞ。一、二……」

乱入者たちは入ってきたときの十倍の速さで警察署から出ていった。あとにはミョンウとギョンジンと署長と、スイングドアの揺り返しだけが残された。

ロビーが静寂に包まれる。今しがたの騒動がまるで嘘のようだ。

ミョンウは大きく息をついた。

「すみません、お騒がせして」

署長に深々と頭を下げる。その拍子にリボルバーが署長に向けられた。

ギョンジンが慌ててシリンダーを握り、銃口を天井に向ける。そしてミョンウの指をゆっくり外すと、拳銃《けんじゅう》をホルスターに収めた。

ミョンウはまだ興奮覚めやらぬ顔でギョンジンに言った。

「僕の演技、どうだった？　なかなかのもんだろ？」

彼女はくすりと笑い、頬に残る涙の跡をそっと手で拭《ぬぐ》った。

じきに手錠から解放され、晴れて自由の身で帰宅できる。そう思っていたミョンウのあては、完全に外れた。

大きな手入れの応援に出た署員たちは、いつまで経っても戻ってこない。長期戦になっており、今夜中の帰還はおぼつかないという。

結局、ミョンウはギョンジンと一緒に一晩過ごさざるを得なくなった。

恋人でもない若い男女が一つの部屋で夜をともにする。おまけに手錠につながっているので、かなりの至近距離に並んで寝なくてはならない。

「ここで寝るのよ」

ギョンジンは警察署内にある当直室に彼を案内した。狭苦しい部屋で、シングルタイプのベッドが五十センチほど離れて二つ並んでいる。夜間当直の警察官のための部屋なので、きわめて殺風景だ。

少なくとも一つのベッドを共有し合うのではないことを確かめると、ミョンウはほっと胸を撫《な》で下ろした。

とはいえ、手錠の生活は予想以上に不便だった。

署内の洗面台の前に立ったとき、ミョンウははたと困った。顔が洗えないのだ。ただ洗うことはできるのだが、手錠のために服が脱げないので、このままではお気に入りのジャケットやシャツを飛び散る水で濡《ぬ》らしてしまう。

そんなことを考えて尻込《しりご》みする彼の横で、ギョンジンはさっさとネクタイを緩め、それを輪っかのまま頭から抜き取った。輪っかをミョンウの頭に引っかけると、勤務服のシャツのボタンを外していく。右袖《そで》から腕を抜いて白いTシャツ姿になった彼女は、いぶかしげに見ているミョンウに言った。

「私の服を着て」

彼女はシャツの左袖を手錠に通し、裏返す要領でミョンウの右腕に通した。

十秒後、彼女のシャツを裏返しで着ているミョンウの姿が鏡に映っていた。確かにこれなら濡れない。彼は彼女の機転に感心していた。

ギョンジンは愛用の洗顔ソープを取り出すと、時間をかけて泡立てた。まんべんなく顔に塗り、指先で輪を描くようにマッサージしていく。ひとしきりその作業が終わると、水をぱしゃぱしゃかけて丁寧にソープを落とす。洗い流すときには決してこすらない。

その間、ミョンウは彼女に操られるように手錠の右手を上下させられていた。

ようやく洗顔が完了し、タオルで水気を拭《ふ》き取ったギョンジンは「ほおっ」と息を吐いて、鏡に映った自分にニッと笑ってみせた。次いでブーツと靴下を脱ぐと、洗面台にどっかと素足を乗せて、洗い始めた。

「ちょっと。足の後で顔を洗うのはいやだよ」

ミョンウがたまらず言ったが、ギョンジンは両足をしっかり洗い終えてから洗面台の正面を彼に譲った。

今度は服の交換だ。ギョンジンのシャツがミョンウから彼女に戻り、ネクタイも彼女の首に帰る。続いてミョンウの黄色いネクタイがギョンジンの頭にかぶせられ、ジップアップのジャケットが裏返しになってギョンジンに移動する。その上からワイシャツがこれまた裏返しで着せられる。

彼の洗顔はものの十秒で済んでしまい、それから服の返還作業がとり行われ、二人は無言で当直室へと向かった。

ミョンウとギョンジンはそれぞれのベッドに仰向けに寝転んだ。手錠でつながれた手はベッドの間の空間に垂れ下がる。

電灯を消した暗い部屋の中で二人とも黙りこくっているのは、ミョンウには妙に居心地が悪かった。目が冴《さ》えてしまい、なかなか寝つけそうにない。

ふと気づくと隣のベッドからは規則的な寝息が聞こえてくる。ギョンジンはもう寝入ってしまったようだ。こんな状況で眠れる彼女の神経の図太さに彼が感心していると、急に手錠の腕を引っ張られた。あっ、と思ったときにはもう彼はベッドの脇に転げ落ちていた。すぐに起き上がり、いったい何ごとかと彼女のベッドを見やる。

寝返りだった。ギョンジンは右向きに丸まっている。

ミョンウは憮然《ぶぜん》とした顔で手錠をたぐり寄せ、ギョンジンを仰向けに戻すと、自分のベッドにもぐり込んだ。

目をつぶった彼は、しばらくしてからがばっと跳ね起きた。手錠がぴんと張り、ギョンジンがうめきながら目を覚ます。

「何よ？」

「……トイレに行きたい」

「なんで寝る前に済ませとかないのよ？」彼女は眠そうな声で非難する。

「だって、さっきはもよおしてこなかったんだよ」

「ったく、もう」

そう言って彼女はのそのそとベッドから這《は》い降りた。

公衆トイレのときとは立場が入れ替わり、ミョンウが用を足し、ギョンジンがドアから中に腕を伸ばす。だが、やる気がないのか、彼女の腕はだらんと下がっていた。

小用を終えた彼がドアを引き開けると、いきなり彼女の体がごろりと転がり込んできた。

「うわ」

ミョンウが驚いて見下ろすと、ギョンジンはトイレの床に横になったまま寝息を立てている。ドアの外で立ち寝していたらしい。

彼は苦笑を浮かべ、彼女の体を揺すった。

だが、目を覚ます気配もない。声をかけたり鼻をつまんだりしたが、無駄な努力に終わり、仕方なく彼は両腕でギョンジンを抱き上げた。細身な彼女の体がふわりと浮き上がる。

彼は抱きかかえたまま部屋に戻り、彼女をベッドに横たえた。

ミョンウは自分のベッドに大の字になって目を閉じた。

しばらくして、隣のベッドからくすくす笑いが聞こえた。

彼が見やると、ギョンジンが目を開けている。彼女がぽつりと言う。

「『今の世の中、陰で何をしてるかわからない薄汚い金持ちどもが、でかい顔してのうのうと生きていやがる！　俺はそんなクソみたいな世界に嫌気がさしてるんだ！』」

イ・バンヒョン議員の前でミョンウが切った啖呵《たんか》だ。

「ねえ、あれって本気で言ったの？」

「え？」彼は戸惑って答えた。「……本気に聞こえなかった？」

「ううん、聞こえたわ。怒り方が真に迫ってて、私も騙《だま》されるところだった」

「君はずっと警察官を続けるの？」

「そのつもりよ」

「じゃあ、出世して治安総監まで昇りつめたら、世界をよりよく変えてくれる？」彼はくすりと笑った。「いや、それより、道路のゴミを一掃するのが先決だよね」

ミョンウは返事を待った。だが聞こえてきたのは寝息だった。そっと彼女の顔を覗《のぞ》いてみると、安らかな寝顔を見せている。

ミョンウは彼女の手を握った。柔らかな手のひらを感じながら、これは手錠が痛くて彼女が起きないようにだ、と自分に言い聞かせた。

ほどなく彼も眠りについた。

つながれた手からふっと力が抜け、ギョンジンの左手からミョンウの右手が滑り落ちる。手錠の鎖がぴんと張ってしまうかと思われた瞬間、彼の小指が彼女の小指に引っかかって止まった。

絡まり合った小指と小指。

仲良く立てている小さな寝息。

二人はまるで何か大切な約束をして安心したかのように、穏やかに眠っていた。

明け方のまどろみの中で、ミョンウは夢を見た。

彼は銃撃戦の真《ま》っ只中《ただなか》にいた。

「必ず生きて帰ろう。約束だ」

彼が小指を出すとギョンジンも小指を絡ませた。

「うん、指切り。……さあ、行くわよ!」

彼女はリボルバーを構えると、撃ち合いをするギャング集団に飛び込んでいった。手錠でつながれたミョンウも走る。

彼女は休みなく引き金を引いた。こちらへ一発あちらへ一発。そのたびにギャングたちが悲鳴を上げて倒れていく。彼女の銃は何発撃っても弾切れにならない。悪人を仕留め続け、気がつくと残るはロシア人のボスひとりになっていた。

ボスは銀色のアタッシェケースを胸に抱え込んで逃げ出した。彼が扉から出ようとしたとき、ギョンジンが彼の背中に叫んだ。

「動くな!」

両手を挙げるボス。その姿が、到着したパトカー群のヘッドライトにシルエットで浮かび上がる。

ギョンジンとミョンウがボスに近づいて振り向かせると、驚いたことに彼はロシア人なのにイ・バンヒョン議員の顔をしていた。議員はミョンウの顔を見るや、怒りに満ちた目を向け、思い切り平手打ちをした。

バチン！

頬の痛さでミョンウは目を覚ました。寝ぼけまなこの視界に当直室の天井が映る。頭をめぐらすと、目を吊《つ》り上げたギョンジンの顔があった。

「ちょっと、何してるのよ！」

ミョンウは怒鳴る彼女の視線をたどって愕然《がくぜん》とした。彼は右手を自分のパンツの中に突っ込んでいた。大切な部分のあたりが痒《かゆ》くて掻《か》いていたらしい。そのせいで、手錠につながれたギョンジンの左手がパンツの中へ引きずり込まれようとしている。

焦って彼がパンツから手を抜き出すのと同時に、ギョンジンも自分の手を引っ張った。

次の瞬間、ミョンウは目を疑った。

ギョンジンの手が手錠からするりと抜けていたのだ。

第二部

小指の約束

7

「こちら側の力を〈作用〉、こちらを〈反作用〉と呼びます。押したら押し返される。これが、力学の基本ですね」

ミョンウは手をはたいてチョークの粉を払うと、黒板から生徒側へ向き直った。

スニク女子高校二年六組の生徒たちは、熱心にノートを取っている。彼の教えているクラスの少女たちは例外なく真面目で素直だ。この学校では、ギョンジンの言うような犯罪に生徒が関わるなど、あり得ない。

「ここまでで、何か質問はあるかな?」

窓際の生徒が手を上げた。ミョンウがうなずくと彼女が立ち上がる。

そのとき、何の前触れもなく教室のドアが開いた。

彼はそちらを見て腰を抜かすほど驚いた。そこにはギョンジンが立っていた。

今日は勤務服でなく制服を着用している。黒い上着に黒い膝丈《ひざたけ》のスカート。金モールで縁取られた肩章付きの上着は彼女の体形にぴったり合い、銀色の四つボタンはすべて留められている。黒い女性用制帽を小脇に抱えて直立する姿は、どこまでも凜々《りり》しい。

呆気《あっけ》に取られているミョンウの顔をニヤニヤ眺めながら、彼女はゆっくりと教室に歩み入った。すらりと伸びた足に履いたローヒールの音がこつ、こつ、こつと静寂の中にひときわ響く。教壇の前で立ち止まると、ギョンジンは表情を引き締め、驚いている生徒たちをじっと見渡した。

「これの持ち主は誰？」

彼女が掲げたのは、可愛らしい柄のハンカチで包まれた小さなランチボックスだ。

突然現れた警察官に生徒たちは緊張し、教室は静まり返っている。

「あなたたちの中にはいないの？」

生徒たちから返答はない。

「じゃあ、これはきっと先生のお弁当ね」やおら彼女はランチボックスをミョンウに手渡した。「はい、どうぞ。おいしいわよ」

彼が受け取った途端、生徒たちは一斉に「ひゅーひゅー」とはやしたてる。

ギョンジンはミョンウに小声で言った。

「このハンカチはあげるわ」

「どうも……」

生徒たちにさっと振り向いて、ギョンジンは口調を改めた。

「クラスの皆さん。私はヨ・ギョンジン巡警です。警察官である私から話があります」

教室がまた静かになる。

「あなたたちの仕事は、しっかり勉強することです。わかってますね？　くれぐれも友達に暴力を振るったりしないこと。それから、お酒を飲んだり、タバコを吸ったりしちゃ絶対にダメ……こら、そこ！」

ギョンジンは後ろの席の生徒を指さした。指された生徒はびくっとして、口に何かを頰ばったまま顔を上げた。

「人の話を聞くときは、物を食べない！」

早弁の生徒は慌てて食べ物を机の中へ隠した。

「とにかく」ギョンジンは話を続けた。「あなたたちが繁華街のいかがわしい場所にふらふら出歩いてるのを見かけたら、私は容赦しないわよ。わかった？」

生徒たちは神妙な顔つきで「はい、わかりました」と声を揃える。

「それからもう一つ。ここにいるコ・ミョンウ先生は、とってもいい方です。だから、先生に決して迷惑をかけてはいけません。それから、忘れないで。先生は私のカレシです。絶対に誘惑なんかしないように！」

教室中で「きゃあきゃあ」という歓声と拍手が沸き起こった。

ミョンウはたまらずにギョンジンに懇願した。

「頼むから、もう帰って」

「ちなみに……」彼女は彼を無視して続けた。「私たちは一緒に寝ました！」

ぎゃあああ、と教室中が揺れた。花も恥じらう彼女たちは興奮状態で机を叩《たた》き、足を踏み鳴らしている。

ミョンウは耳まで真っ赤になりながら、ギョンジンを追い出そうと背中を押した。

「いったいどういうつもりだ。ここから出てってくれ」

強引にギョンジンは出口まで押し出された。

「あれっ、これ何？」

彼女はドアに掲示されている紙にふと目をとめた。そこには短い言葉が連ねられている。

真夏
分厚く絵の具を塗り重ねた油絵
そんな愛もあるという
抜けるような秋の空

水彩画のような関係
そんな愛もある

「なんて素敵な詩なの。作者は誰？　あ、もしかしてあなた……じゃないわよね。こんなに素晴らしい詩を物理教師が書けるワケが……」

「皮千得《ピ・チョンドク》だよ！」

作者を教えると、彼はギョンジンを教室から放り出した。すぐさまドアを閉め、咳払《せきばら》いを一つし、何ごともなかったかのように教壇に戻る。

「みんな静かに！」

ようやく騒ぎの波が引き始めた教室に、生徒がひとり立っている。彼は質問を受けるはずだったのを思い出した。

「ええと、質問は何だっけ？」

「はい、あの、お二人は結婚するんですか？」

たちまち教室が黄色い声に包まれた。

ミョンウの休日とギョンジンの非番が重なった五月のある晴れた日、彼は初めて彼女のマンションに招かれた。

ミョンウは両手いっぱいに荷物を持ち、彼女の後について一階正面玄関を入った。抱えているのは、工具箱に段ボール箱、電球にペンキ缶に刷毛《はけ》にエトセトラ、エトセトラ……。それらはすべてギョンジンに指定されたものだ。

彼はエレベーターホールに向かおうとしたが、先を行くギョンジンは階段を上っていく。よく見るとエレベーターには〈故障中〉の貼り紙があった。彼はため息をついて階段を上り始めた。

「あのさ。君は僕のことを恋人じゃなくて、本当は召使いだと思ってるんじゃない？」

ずっしりと重い荷物に息を切らせたミョンウは言った。

「部屋の大々的な模様替えよ。こういう種類の仕事は、カレシがカノジョのためにするもんでしょ？」

「……ところで、部屋は何階？」

「最上階よ。眺めがいいんだから！」

ミョンウはがっくりと肩を落とし、軽やかに階段を駆け上がっていくギョンジンの後ろ姿を恨めしげに見上げた。

ようやく最上階にあるワンルームに到着し、二人して部屋に入った。ドアが閉まると同時に、上部に固定されたドアベルが涼やかな音色を響かせる。

「荷物は全部テーブルの上に置いて。何か飲み物をあげるわ」

ミョンウは荷物から解放されて一息つくと、部屋を見回した。全体的にこざっぱりと整《せい》頓《とん》されていて、いかにも住み心地がよさそうだ。清潔なキッチン、整然と本が並ぶ書棚、小さなライティングデスク。細かい花柄のカーテンがかけられている窓辺には、アップライト型のピアノが置かれている。

彼はピアノの上に写真立てがいくつかあるのに気がついた。その中の一枚には、高校生らしき制服姿のギョンジンがもうひとりのギョンジンと並んで写っている。

「君は双子なの？」

「ううん。それは合成写真」

キッチンで飲み物を用意しているギョンジンが振り向きもせずに答える。

ミョンウは「ふうん」とピアノに近づいてふたを開けた。

「君がピアノを弾くなんて知らなかったよ。上手なの？」

やってきた彼女は炭酸飲料のグラスを彼に手渡して言った。

「昔はね」

「ねえ、何か弾いて聞かせて」

「……ダメ」

彼女の表情にわずかに暗い影がさしたが、ミョンウはそれに気づかなかった。

「じゃあ、いいよ」彼は口を尖《とが》らせた。「だったら、僕も今日は何も作業しない」

ギョンジンは困った顔でしばらくためらっていたが、やがて決心したようにピアノの前に座った。

動き始めた細い指先から、サティの〈ジムノペディ〉が奏でられる。

彼女は素晴らしい演奏者だった。ミョンウは心地よい音色に目を閉じた。知らずに微笑みが広がってしまう。だが、ほどなく彼の顔は怪訝《けげん》な表情に変わっていった。そのよく知られた曲は、確かにあの曲でありながら、どこか違って聞こえる。

彼の疑問を察したようにギョンジンは言った。

「黒鍵《こっけん》を使わないで弾いてるの」

「どうして？」

「……どうしても」

ミョンウの頭の中にクエスチョンマークが浮かんだが、それ以上追及することはせず、先ほどの写真に視線を移した。

「これ、どう見ても合成じゃないな。本当は双子の姉妹がいるんだろ？」

「どっちが私だと思う？」彼女は演奏しながら尋ねた。

「こっち。右側にいるほう」

「はずれ。向かって左が私」

「なんだ。やっぱり双子なんだ」

写真のギョンジンは白い制服を着て、髪をお下げにしている。もうひとりは黒い制服にポニーテールだ。それ以外は、まったく区別できないほど二人はよく似ている。

「生まれたのはどっちが先？」

「私は妹」

「お姉さんはどうしてるの？　今も君とそっくり？」

ギョンジンはピアノを弾きながら、無言で首を横に振ってみせた。

「ね、今度紹介してよ。お姉さんともぜひ親密になりたいなあ」

それを聞いた彼女はゆっくりと振り向き、じっと彼を見つめる。ミョンウは慌てて言った。

「冗談さ。もちろん」

ピアノの音がすっと小さくなった。

「姉は……死んだわ」

＊　＊　＊

私たちはとてもよく似ている姉妹だった。

姉の名前はミンジン。

小さい頃から、親戚《しんせき》や近所の人は誰ひとりとして私たちを見分けられなかった。だから、母はいつも私たちに必ず違う色のリボンをつけさせたの。

ミンジンは黒いリボン。私は白いリボン。

中学生になっても、私たちはよく間違われた。それで母は、ほかの人が混乱しないようにって、私たちを違う高校へ進学させたわ。

ミンジンの高校は黒い制服。私の高校は白い制服。

私たちは外見は似ていても、性格は対照的だった。

姉は明るくて社交的だけど、私はどちらかといえば内気なほう。姉は歌うのが好きで、私はピアノを弾くのが好き。運動神経は私のほうがよくて、姉はどちらかというとスポーツは苦手だった。

そして、姉はとてもイタズラ好き。ある日、お互いに入れ替わることを思いついたの。

朝、通学途中の地下鉄駅のトイレで制服を交換して、髪型も真似し合う。そうして何食わぬ顔で相手の学校で一日を過ごすの。先生はもちろん、クラスの誰もが私たちの成りすましごっこに気づかなかった。

でも、何度も入れ替わってると、ボロが出そうになることもあったわ。

私がミンジンの教室で授業中に居眠りをしちゃったとき、それを見とがめた先生がチョークを投げつけてきた。姉も居眠りの常習犯でいつもチョークをおでこに受けてたらしいんだけど、私は咄嗟《とっさ》に起きて目の前でチョークを両手でキャッチしたの。ミンジンが運動音痴なのを知ってるクラスメイトたちは驚いて大喝采《かっさい》。

逆に私のピアノ教室にミンジンが行く羽目になったとき、姉は先生の前で〈運命〉の最初の二小節だけ弾いてとっとと帰ってきちゃった。次のレッスンで私は先生に大目玉を食らったわ。

この入れ替わりゲームは私たちの息抜きだった。でも、いつやるかを決めるのはいつもミンジン。テストがある日や、宿題が終わらなかった日や、体育祭の日。つまり、姉は自分がしたくないことを私に押しつけたの。

私は、姉のそういうところがあまり好きじゃなかった。

でも、あの日……。

あれは、ピアノ・コンクールの日だった。私はどうしてもコンクールに出たかった。来る日も来る日もそのために練習してきたし、私はピアニストになるのが夢だったから。でも、同じ日に学校で卒業写真を撮ることになっていた。それで、代わりに写真に写ってくれるようミンジンに頼んだの。卒業アルバムに自分の顔がなかったら寂しいでしょ？　姉はオーケーしてくれた。

私はコンクールに出て、見事入賞を果たした。すぐに家に報告の電話を入れたら、母が泣きながら言ったわ。ミンジンが交通事故で死んだって。

姉が私の高校へ行く途中の出来事だった。雨でスリップした車が横断歩道を渡っていた姉にまともに突っ込んだらしい。即死よ。私は現場に行ってみた。そこには白い線で人の形が描かれていた。倒れたミンジンの形に。とても小さな人形《ひとがた》だった。

その場で泣き続けたわ。悔やんでも悔やみきれなかった。私がコンクールにさえ出なければ、写真撮影さえ頼まなければ、姉は事故に遭わずに済んだのに。私のせいで姉を死なせてしまったの。ミンジンは私の身代わりになって死んでしまったの。

病院の安置室で私は物言わぬ姉に対面した。かぶせられたシーツをめくった瞬間の光景は、今でも忘れられない。ミンジンは目を閉じて横たわっていた。でも、私は姉を見ているような気がしなかった。

私自身がそこに死んでいるように感じたの……。

＊　＊　＊

〈ジムノペディ〉の演奏が終わった。

ギョンジンは椅子から立ち上がると、窓辺へ行ってカーテンを開けた。外の景色を眺めるその目が涙で潤む。ミョンウはかける言葉も見つからなかった。

彼女が不意に振り返った。

「姉の夢は、警察官になることだったの」

ミョンウは胸を衝かれた。姉の夢をかなえるために彼女は……。

だから、異常なまでに正義感を燃やし、無鉄砲なほどに危険に飛び込んでいく。ピアニストを目指していた彼女が夢を捨てて、姉の望みだった警察官になろうとしたら、そうするしかなかったのだ。残りの人生を姉の身代わりで生きようとする少女にとって、警察官以上に警察官らしく振る舞うほかに、いったいどんな生き方があったろう。

彼は彼女の心の奥に触れる質問をした。

「ねえ、ピアニストは諦《あきら》めたの？　ピアノを弾きたいって思うことはない？」

「弾きたくなったら、黒鍵《こっけん》を使わないで弾くことにしてる」

姉は黒い鍵盤、私は白い鍵盤――。

口には出さなくても、ギョンジンの思いはミョンウに痛いほど伝わってくる。彼の胸は切なさでいっぱいになった。

ギョンジンは急に笑顔を作った。

「ねえ、高校時代のあなたはどんな風だった？」

彼女が話題を変えたがったのを察した彼は、それに明るく応じることにした。

「あまり憶《おぼ》えてないけど、一つだけ強烈な思い出があるんだ」

＊　＊　＊

僕は自転車に乗るのが大好きな高校生だった。子供っぽいかもしれないけれど、ペダルを思いっきりこいで、全身で風を受けるのが好きだったんだ。

ある日、向かい風があまりにも気持ちいいもんだから目をつぶってこいでいたら、自転車がひっくり返って、着地に失敗した僕は腕を骨折してしまった。それも両腕ともね。おまけにその日は学年遠足に行く数日前だったんだ。

おかげでせっかくの遠足に、僕は両腕をギプスで固めた恰好《かっこう》のままで行く羽目になってしまった。

両腕の自由を奪われた経験はあるかい？　それはもう情けないよ。とにかく食事さえまともにできないんだから。遠足はお寺に行ったんだけど、見て回ったって大して面白くないだろ？　楽しみは弁当だけなのに、僕はほとんど食べられなかった。

スプーンでご飯をすくっても、腕が曲がらないから口に届きやしない。そんな僕を級友たちは誰ひとり手伝ってくれないし、それどころかくすくす笑いながら見てた。何とか一口でも食べようと、顔を上に向けて、スプーンから口に落とし込もうとしたら、誤って鼻に乗っかってしまう始末。友達は腹を抱えて笑ってたよ。

遠足の最後に、本堂前の広場で仲のいい五〜六人と記念写真を撮った。みんな肩を組んでたけど、僕だけ組めないから、仕方なく両手を上げたんだ。一生の思い出に残る写真に、真っ白いギプスで万歳しながら写っているのが僕。一目でわかるさ。

これが高校時代の一番の思い出だよ。

＊　　＊　　＊

「なんて楽しそうなの！」

ギョンジンは本気とも冗談ともつかぬ声で言った。

「まあね」

「いつか、その写真を見せてよ」

「いいけど、笑うなよ」

「笑わないって約束する……わけないじゃない」

彼女はいつもの明るさを取り戻していた。

「ところで、その思い出深いお寺ってどこ？」

「奉恩寺《ポンウンサ》」

「本当に⁉　私も高校の遠足は奉恩寺だったわ！　ソウルの高校生はみんなあそこに行くのかしら。死ぬほど退屈なのに」

ミョンウが思わず吹き出すと、ギョンジンは言った。

「さあ、仕事に取り掛かりましょ」

まずは電球の交換からだ。ゆうべ天井の白熱電球が切れて、ギョンジンはキッチンの蛍光灯とライティングデスクのスタンドだけの暗い夜をすごした。彼女はすぐにミョンウに電話して交換を頼み、今日の模様替えへと話が膨らんだのだ。ミョンウは真新しい電球を差し込みながら、危険に飛び込んでいく向こう見ずな彼女と、電球一つ替えられない彼女とのギャップを思い、何となくおかしくなった。

次はハンガーラックの組み立て。段ボール箱からアルミ製のパイプを取り出し、ネジで接続していく。ギョンジンが工具を手渡してミョンウを手伝った。

そして家具を移動させる。ハンガーラックが壁際に収まるように、書棚をこちらへ、デスクをあちらへ。二人は力を合わせて運んだ。

仕上げは窓枠のペンキ塗り。窓の外は目もくらむ高さだが、ミョンウは果敢にも外壁の出っ張りに足を掛け、部屋の外から大きなスライド式ガラス窓の枠に刷毛《はけ》を走らせた。鉄製の柵《さく》に止まっていた白鳩よりも真っ白なペンキだ。

ギョンジンは梨をむくとミョンウに食べさせた。片方の手に刷毛を持ち、片方の手で窓枠につかまっている彼の口にかいがいしく運ぶ。あの遠足の日に彼女がいれば弁当が食べられたのにと、彼が感慨にふけっている間、ギョンジンは彼の背中に白ペンキでこっそり「バカ」と書き、彼が気づかないのを見て腹を抱えた。もっとも、彼がごろんとフローリングに寝転がった拍子に床に転写されてしまった「バカ」を、ギョンジンは汗だくになって拭《ふ》き取らなければならなかったが。

日が傾き始めたころ、すべての作業は終わった。

ギョンジンはお礼に夕食を振舞うと宣言し、張り切ってキッチンに立った。その後ろ姿を、ミョンウは床にあぐらをかいて飽きもせずに眺める。

彼は何気なくローテーブルに目を移した。テーブルの上には『タウン&カントリー』という雑誌が広げられている。それに目をとめた瞬間、彼の顔に何か企《たくら》む表情が浮かんだ。ぱらぱらと雑誌をめくり、「田舎にて」と題された記事のページを音を立てずに破り取る。彼はそれで紙ヒコーキを折った。

ミョンウはそのヒコーキをキッチンに向けて飛ばした。開け放った窓より折りしも吹き込んできた柔らかな風に乗って、ヒコーキはふわりと部屋を横切り、ギョンジンの後頭部にこつんと当たって落ちた。

一心不乱に野菜を刻んでいた彼女は包丁の手を止め、振り返った。床に落ちた紙ヒコーキを見下ろした彼女はニヤリとして包丁を掲げると、それを紙ヒコーキのようにミョンウに飛ばす構えを見せた。慌てて彼は謝る。

ローテーブルの食卓に料理が並んだ。真ん中にでんと置かれたのが、ギョンジン渾身《こんしん》の一品、肉と野菜のスープだ。

「さあ、召し上がれ」

ミョンウはさっそくスープからいこうと、鍋《なべ》の中を覗《のぞ》き込んでみた。独特な色をしている。匂いもかつて経験したことのないものだった。スプーンですくって一口飲んでみた。

「どう？ 気に入った？」ギョンジンが不安げに見つめる。

ミョンウはなかなか飲み下せないまま、無理やり笑顔を作り、親指を立てて見せた。

「本当？ よかった！」彼女は喜色満面で言う。「どんな風においしい？」

やっとスープを飲み込んだ彼は、涙が出そうなのをなんとかこらえて言った。

「今まで味わったことのないくらいおいしいよ。その、何というか……独創的で」

ギョンジンはその言葉に声を上げて大喜びすると、フルーツヨーグルトを食べ始めた。なぜか彼女は自分の作ったスープを口にしようとはしない。彼女がヨーグルトに気を奪われている間、ミョンウは急いで水をがぶ飲みした。あっという間にグラスは空になり、テーブルに置いてある水差しから直接ごくごく飲んだ。彼女が見ていない隙に、スープの鍋にも水を大量に投入する。そして、彼女が顔を上げると、彼は何ごともなかったかのように微笑みと親指サインを返すのだった。

怒濤《どとう》のような食事が終わり、ミョンウはひとりで洗い物をしていた。振り返ると、ギョンジンは床に腹這《はらば》いになって雑誌を読みふけっている。

一日がかりの模様替え、苦行のような夕食、そして後片付け。くたくたになったが、それでも彼は悪い気分ではなかった。ギョンジンの姿を見ていると、なぜかほっとして気持ちが温かになる。

このささやかな幸せを、そして大切な彼女を守るのは僕だ。そう心に決めた彼は、ひとりで大きくうなずくと、すすいだ食器を拭き始めた。

それから数日後、学校を終えたミョンウは喫茶店にいた。

ギョンジンが来るのを待ちながら、手にした本をめくる。皮千得《ピ・チョンドク》の随筆集『因縁』だ。教室を急襲されたとき、彼女が老詩人の紡ぎ出す言葉に興味を持ったようなので、プレゼントすることにしたのだ。

しかし、ギョンジンは一向に現れない。手持ち無沙汰《ぶさた》になった彼は、いつものようにいたずら書きを始めた。手元にある紙といえばピ・チョンドクの本だけなので、彼は本のページの隅にマンガを描きつけた。次々にページをめくっては、同じ場所に絵を描いていく。

「遅刻してないわよね？」

いきなりギョンジンの声が聞こえて、ミョンウは慌てて本を閉じてテーブルの下に隠した。見上げると、彼女は警察の制服姿のまま立っていた。

「ほんの一時間遅れただけさ」

「あらそう？」彼女は気にする様子も見せずに席に着いた。「今日は、あなたにちょっとした贈り物があるの」

「え？　僕もだよ」

「本当？　じゃ、一、二の三で出そうか。三！」

彼女は背中に隠していた本を出した。

「じゃじゃーん。チョンドクの本よ！」

ミョンウは心底驚いて、自分の持っている本を出した。テーブルの上にまったく同じ表紙の本が二冊並ぶ。何という偶然だろうと彼は思った。

「いやだ、そっちもチョンドクの本？」ギョンジンも目を丸くする。

「チョンドクって……。きちんとフルネームで呼べよ。九十歳を超える大詩人に失礼だろ。もっと敬意を払わなきゃ」

「九十歳？　へえ、とっくに死んでるかと思った」

そう言いながら彼女は、ミョンウが差し出した本を手に取って無造作にめくった。するとページの隅にぱらぱらマンガが現れた。

男の子のキャラクターが逃げているところへ、突然、警官姿の女の子が現れて、背後からタックルをする。男の子の頭の周りに盛大に星が飛び回る。それを見てギョンジンは吹き出した。

「そっちこそ、チョンドクに敬意を払いなさい」

彼女は何度もぱらぱらマンガを動かしては笑い転げた。

2

六月のデートはロマンティックだ。

恋人たちはたった一つの傘の中で寄り添い、雨で洗われた道路をゆっくり歩きながら、虹のように美しい二人だけの未来を語り合う。

だが、傘がない恋人たちにとってそれは悲惨なものになる。

その日、ミョンウとギョンジンがレストランから出てみると、外は土砂降りの雨になっていた。店が面しているアスファルトの小道は、排水溝が詰まってでもいるのか、雨水が溢《あふ》れて川のようになっている。彼らは入り口のひさしの下に並び、嘘つき天気予報を恨みながら空を見上げていた。

と、その前を一台の車が通りかかった。たちまち大きな水しぶきが上がり、二人とも悲鳴を上げた。一瞬にして全身がびしょ濡《ぬ》れになる。

「ちょっと、その車！」

ギョンジンが叫んだが、運転手に聞こえるはずもない。走り去る車を見送ると、彼女は半ば八つ当たり気味にミョンウに言った。

「どうして傘を持ってこないのよ」

「傘なら、あるよ」

彼女が「え?」と拍子抜けした様子でいると、ミョンウはポケットからミニチュアの傘を取り出した。カクテルのグラスに載せるような小さな紙の傘だ。それを彼がうやうやしく差し出すと、彼女は顔を輝かせ、おかしそうに笑った。

すると次にミョンウはポケットからもう一つ自分用を出し、何食わぬ顔でその小さな傘をさしながら雨の中を歩き出した。ギョンジンも同じように傘をさして彼の後を追う。その傘は少しも雨を防いでくれなかったが、とっくにずぶ濡れになっている身にはさして問題ではなかった。

彼女は足元を流れる雨の川に手を差し入れ、前を行くミョンウ目がけて水をひっかけた。ミョンウもすぐに振り向いて、仕返しの水しぶきをかける。何度か応酬し合っているところへさっきとは別の車がやってきて、道路脇によけた二人にまたしても盛大に水を撥《は》ね飛ばした。そして、そのまま走り去っていく。

今度はギョンジンも怒鳴らず、小さい傘を全然役に立たない水よけにしながら笑うだけだった。

さんざんはしゃいだ彼らは体の芯《しん》まですっかり冷え切ったので、暖炉のあるカフェに飛び込み、頭から毛布をかぶって震えた。そして、なぜだかミョンウのほうだけがひどい風邪をひいてしまった。

『P103管区、こちらH5』

通信指令係の緊張した声がダッシュボードのスピーカーから流れ出た。

『現在、三人組の誘拐犯が〈テヤン・マンション〉方面へ逃走中。女性ひとりを人質にしている模様。付近をパトロール中の者は報告せよ』

チョ警長を助手席に乗せてパトカーを運転していたギョンジンは、すぐに応答した。

「こちらS2、報告します。ただいま現場付近を巡回中。S3にP103管区からの脱出経路を封鎖するよう要請願います。ただちに現場に急行します」

無線を切るとギョンジンはパトカーの進路を変え、アクセルを踏み込んだ。

〈テヤン・マンション〉が近づいてきたとき、歩道上を慌てふためくように逃げていく三人の男とひとりの女の姿が見えた。女はダクトテープのような物で口を塞《ふさ》がれ、三人に無理やり走らされている。

「あれだ！」

チョ警長が叫ぶと同時にギョンジンは車を加速させ、逃走犯たちの行く手に回り込んで急ブレーキをかけた。

目の前にいきなり現れたパトカーに対応しきれず、三人組のひとりがつんのめるようにフェンダーに激突し、その場に転倒した。残りの二人は人質を両側からつかんだまま路地に曲がり込み、一目散に走っていく。

「動くな！」

車を降りたギョンジンとチョ警長がリボルバーを抜き、倒れている男に向ける。チョ警長は男をギョンジンに任せて携帯無線機を握った。

「こちらS2。一味のひとりを確保しました。残る二人はP103管区内に向かって逃走中。至急、非常線を敷いてください」

それを聞きながら、ギョンジンは腰の手錠に手を伸ばした。彼女の銃がわずかに動いた一瞬の隙をついて、男は立ち上がり、彼女に体当たりをくらわせて逃げ出した。

すぐさまギョンジンとチョ警長は射撃姿勢をとり、逃亡した男に向けて発砲した。男はぐらりと揺れて倒れこんだ。右の太ももを押さえながら顔をしかめている。

彼女は男のそばまで駆け寄り、彼が動けないことを確認して振り返った。

「応援を呼んでください！」そのまま男を飛び越えていく。

「気をつけろよ！」

チョ警長の声を背中で聞きながらギョンジンは路地を全力疾走し、逃走した二人の後を追った。すでに彼らの姿は見えない。だが、彼女は周囲のほんのちょっとした形跡も見逃さないよう注意を払いつつ、警察官としての自分の勘を信じて走り続けた。

そのとき携帯電話が鳴った。

「はい、もしもし！」

ギョンジンは走りながら電話に出た。

「こっちは全力疾走中よ！　そっちは寝転がって電話!?」

ミョンウは朝から午後まで自室の床でごろごろしていた。何とか風邪は完治したが、大事を取って休養しているのだ。

ふと思い立ってギョンジンに電話してみる。彼女は何度目かのコールで出た。

『はい、もしもし！』何だか息が切れている声だ。

「やあ、ミョンウだけど」

『こっちは全力疾走中よ！　そっちは寝転がって電話⁉』

彼は慌てて起き上がった。彼女は何もかもお見通しのような口ぶりだ。

「違うよ！　寝てなんかいないさ」

『ちょっと待って……。はい、こちらS2、ヨ巡警です！』

彼女が携帯無線機に話しかける声が、電話の向こうで聞こえる。

『今P103管区にいます！　〈テヤン・マンション〉裏手に逃走した二名の誘拐犯を追跡中！　応援を寄越してください！』彼女は電話口に戻った。『ちょっと忙しいの。あとで掛け直すね！』

電話が切れた。ミョンウはすぐさま立ち上がり、上着をつかんで部屋を飛び出した。

ギョンジンが危険に飛び込もうとしている。そう思うだけで、彼は気が気ではなかった。相手は誘拐犯だ。当然、武器を携帯しているに違いない。その危険から何としてもギョンジンを守らなくてはいけないという思いにかられ、ミョンウは走り続けた。

〈テヤン・マンション〉に通じる人通りの少ない道路を進んでいくと、向こうから二人組の男が大慌てで駆けてくる。二人は女性をひとり連れているが、よく見ると彼女の口はテープで塞がれているではないか。

ミョンウは彼らが例の誘拐犯だと確信した。同時に、そのときになって自分が身を守る道具を何一つ持っていないことに初めて気がついた。自分に向かって迫りくる誘拐犯を見て、彼は焦って道路沿いに走る高架鉄道のガード下に身を隠した。

犯人たちは彼には目もくれずに走り過ぎていく。ミョンウはガード下から出ると、距離を置きながら追跡することにした。しばらく行くと、古いビルが建て込んでいる地域に足を踏み入れた。細い道路がくねくねと複雑に交差している。彼はすぐに犯人たちを見失ってしまった。

やみくもに走っていると、ビルとビルの間にある隙間が目にとまった。大人がひとり通れるか通れないかぐらいの細い空間だ。中を覗《のぞ》いてみると、向こう側に誰かがいるのが見える。ミョンウはあと先も考えずに、隙間に進入した。足音を忍ばせながら中へ中へと入っていくと、狭い視界の先に犯人たちがいた。彼らはその場に立ち止まり、何やら言い争いをしている。ミョンウはさらに隙間の奥へと進んだ。

すると、いきなり体が動かなくなった。

あまりに狭いその空間に、彼はぴったりハマってしまったのだ。前へはもちろん後ろにも戻れなくなった。ビルの谷間でまったく身動きできない彼の耳に、犯人たちの会話が聞こえてくる。

「なあ、兄貴。もうこの女を放しちまおうぜ」

「こいつは俺たちの面を見てるんだぜ。殺《や》っちまおう」

男がナイフを出すと、人質の女性はテープの下でうめき声を上げた。

「ちょ、ちょっと待ってくれ」相棒もナイフを見て驚いている。「俺はやだよ」

「何言ってんだ。さっさと殺って、ズラかろうぜ」

「だって、兄貴は殺し慣れてるかもしれねえけど、俺はただの溶接工だぜ」

「ちっ！　いいから、この女を押さえてろ」

相棒は気乗りしない様子で人質を羽交い締めにした。兄貴分がナイフを高々と振り上げるのを見て、女性がくぐもった悲鳴を上げる。

「やめろっ！」

ミョンウは思わず叫んでいた。そうしてしまった途端、彼は自分の軽率さを悔やんだ。

「何だ、今のは？」

誘拐犯は声の出どころを探していたが、すぐにビルの隙間にいるミョンウを見つけた。

「誰だ、てめえ」

兄貴分が隙間を覗き込む。ミョンウは犯人のナイフを目にして逃げようとしたが、どうにも体が動かない。

「おい、そんなところでいったい何してんだ？」

「う、うるさい。彼女をこ、こ、殺すな！」半分やけになって彼は応じた。

「女を殺すなだと？　よおし、じゃあお前から殺してやる」

そう言うと兄貴分が隙間に入ってきた。目がギラギラしている。ミョンウは恐怖のあまり冷や汗を流し、なす術《すべ》もなく立ちすくんでいた。

「なあ、そんなの放っといて逃げようぜ」相棒が言う。

「うるせえ」

兄貴分はミョンウ目がけてまっしぐらに進んできたかと思うと、ナイフを持った右手をぐいっと伸ばした。

「死ね！」

ガッ……。そんな音がして兄貴分の体が止まった。彼もまたミョンウと同じように壁と壁の間に捕われてしまったのだ。

ナイフの切っ先は、ミョンウの首まであと数センチのところで宙に浮いていた。

「くそったれ！」

犯人は何とか斬りつけようと必死に腕を伸ばすが、ミョンウも汗だくで顔を背ける。都会の死角で繰り広げられている攻防戦は、こう着状態に陥った。狭苦しい空間に男二人の荒い呼吸だけが響く。

業を煮やした兄貴分はナイフの柄の根元を持つ作戦に打って出た。だが、柄の端を持った途端にナイフは滑って落ちた。二人同時にそれを拾おうとしたが、屈《かが》むことさえできない。

「ちくしょう！　なんてツイてねえ日なんだ！」

誘拐犯が悔しそうに叫ぶと、ミョンウの顔に唾《つば》が飛んだ。

一発の銃声が響いた。

二人が体をこわばらせたとき、「わっ」という相棒の叫び声が聞こえ、すぐに彼の足音が遠ざかっていく。ミョンウが兄貴分の頭越しに見ると、細長い視界を一瞬横切り、勤務服姿の女性警官が逃亡した男を追って走っていった。

間違いなくギョンジンだ。

さらに二発の銃声がした後、「足が、足が……」という相棒の声が聞こえてきた。どうやら彼女に足を撃たれて倒れたらしい。

しばらくするとギョンジンは負傷した誘拐犯を引きずってきて、人質女性の口からテープをはがした。

「もう大丈夫ですよ。あとひとりはどっちに逃げました？」

隙間の中で兄貴分がはっとしてミョンウと顔を見合わせ、ぐっとにらみつけた。

「声を出すなよ。殺すぞ」小声で言う。

「ギョンジン！」

ミョンウが叫ぶと兄貴分は怒りと懇願の入り混じった顔つきになる。

外にいるギョンジンは顔を上げて周囲を見回した。ふとビルとビルの隙間に目をとめる。

警戒しながらさっと覗き込むと、誘拐犯の後ろ姿を確認した。彼女は構えたリボルバーを
素早く男の後頭部に押し当てる。そして、男の後ろ髪をつかむと力まかせに引っ張り出し、
路上に押さえつけて、後ろ手に手錠をかけた。

「ギョンジン！」

ミョンウはもう一度叫んだ。絶体絶命の危機を脱した安堵《あんど》感から、声が半泣きになって
いる。

隙間の中に彼を見つけたギョンジンは目を丸くした。

「あれ？　そんなところで何してんの？」

「ギョンジン！　ギョンジン！」彼はただ叫んでいる。

現場にパトカーが到着した。

「ギョンジン！　ギョンジン！」

駆けつけたチョ警長に隙間の反対側から助け出されるまで、ミョンウはまるで駄々っ子

のように彼女の名を呼び続けた。

一学期が終わりにさしかかったある日、ギョンジンは強い午後の日差しに照らされたスニク女子高校の校庭を歩いていた。彼女は暑い日であるにもかかわらず警察の黒い制服を着用している。本当なら半袖の夏用勤務服で来たかったが、ミョンウの職場を訪れるときはきちんと制服に身を包む、と決めているのだ。

彼女は本部校舎に近づくと、一階にある教務室のガラス窓を外から叩《たた》いた。

「何でしょう?」

事務員らしき女性が窓を開けて顔を出す。ギョンジンは彼女に一礼して言った。

「失礼します。私はコ・ミョンウ先生に会いに来た者ですが」

「ああ、コ先生でしたら、とっくに授業を終えて帰られましたけど。ここへいらっしゃるときに途中でお会いになりませんでしたか?」

「いえ」ギョンジンは落胆した顔で答えた。「ありがとうございました」

事務員が窓を閉めると、彼女は口の中で「あいつめ」と言って舌打ちした。放課後に学校で〝いい物〟を見せると言われて、彼女はわざわざ来たのだ。

ギョンジンは太陽にじりじりと照りつけられた校庭を再び横切って校門を目指した。するとどこから現れたのか、見るからに年式の古いジープが白い車体を揺らしながら校庭を走ってきた。

ジープは乾いた土埃《つちぼこり》を巻き上げ、ギョンジンの周囲を回り始めた。運転席を見るとミョンウが嬉《うれ》しそうに手を振っている。それに気づいてギョンジンから笑顔がこぼれた。彼の顔を見た瞬間に機嫌が直ってしまった。

立ち止まった彼女を中心にしてジープは円を描き続ける。彼女は手でピストルの形を作ると、両手で構えて運転席のミョンウに向けた。

「バーン！」

「やられた！」

彼は車を走らせたままハンドルに覆いかぶさり、死んだ真似をした。

「バン、バン、バキューン！」

なおもギョンジンが弾丸を撃ち込んでいると、彼はむっくり起き上がった。

「僕はもう死んでるよ。それ以上、殺さないでくれ」

ギョンジンは走るジープに近づくと、ドアステップにひらりと飛び乗った。ロールバーをつかんで助手席に座り込む。屋根のない素通しの車内に吹き込む風に髪をなびかせながら、彼女は無骨な感じのドアをぱんぱんと叩いた。

「ねえ、こんなポンコツをどこから持ってきたの？」

「ポンコツだって？」彼はわざとらしく顔をしかめた。「言葉に気をつけてほしいね。こいつは僕の愛車なんだから」

「買ったの？」

「もちろん！」

「いくらで？」

ミョンウは肩をすくめ、答えようとしない。

「ちゃんと走るの？」

「ああ。夏休みになったら、こいつで国中を走破しようと思ってるんだ。舗装道路は一切通らないオフロード旅行さ」

「うそっ」彼女は目を輝かせた。「私も行く。休暇をとるから」

「僕を信用するって約束できればね」

「どういう意味？」

ミョンウは真面目くさった顔を彼女に向けた。

「地図を見ながら行き当たりばったり、道なき道を行く旅だからね。途中でちゃんとしたホテルになんか泊まれないだろうし、二人で同じ部屋に寝なきゃいけない場合もあると思う。もしそうなったら、僕はお行儀よくしている自信はないよ」

「あら、私に指一本でも触れたら、這《は》いつくばって命乞《ご》いすることになるわよ」

「じゃあ、君はソウルに残るんだな」ミョンウはあっさり言った。「こっちで悪いやつらを捕まえててくれ」

ギョンジンは助手席から身を乗り出して、鼻息も荒く言った。

「悪いやつなら国中にいるわよ。どこへだって捕まえに行ってやる！」

夏休みに入り、ミョンウとギョンジンはオフロード旅行に出発した。

晴れ渡った空の下、白いジープは山道を走り、丘を越え、草原を突っ切っていく。

ミョンウのジープは型式は古いが、どんなでこぼこ道だろうと物ともしない。砂利を飛ばし、草を踏みしめて、運転者の思い通りに突き進んだ。ただし、緩衝の機能がほとんどなく、路面の凹凸が座席までダイレクトに伝わるので、車体が跳ね上がるたびに受ける衝撃には、二人ともしばらく慣れずに閉口した。

けれども、そんな欠点を補って余りあるのが景色の美しさだった。普通の乗用車のように屋根やドアウィンドウがないので、視界を遮る物がない。特に小高い草原などでは三六〇度のパノラマが展望でき、草いきれが直接風に乗ってやってくる。走っていると、まるで自然と一体になったような気分になるのだ。

緑なす丘の頂上に登ると、ミョンウは断崖《だんがい》の手前でジープを停めた。彼が車から降り立つ。ギョンジンも助手席から滑り出て彼の後を追った。

断崖の上に立つと、遥《はる》か向こうに夏色の山々が連なっているのが見える。中天に昇った太陽はぎらぎらと容赦なく照りつけるが、高地の気温はさほど上がらず、雄大な景色を見ているだけで生命エネルギーが全身にみなぎるようだ。ミョンウもギョンジンも言葉もないまま、並んでこの眺望を楽しんでいた。

不意に風が吹き始めた。

風は断崖の下から二人のほうへ吹き上げ、丘の表面を通り抜けながら草々を揺らしていく。薄手のブルゾンをあおられたミョンウは、ゆっくりと両手を横に広げ、体全体で風を受け止めた。

「僕と同じようにしてごらん！　空を飛んでるみたいだよ！」

風に髪をなぶられているギョンジンも、彼に倣って両手を広げてみた。ふわりと体が浮かぶような錯覚があり、確かに飛んでいるようだ。

二人は想像の翼をどこまでも大きく広げ、丘から見える山々に向かって飛び立った。稜《りよう》線《せん》に沿って上昇し、緩やかに旋回して急降下すると、草原の真上を滑空する。まるで鳥になったようだとギョンジンは感じていた。

不意にミョンウが言った。

「ときどき思うんだ。僕は前世で〝風〟だったんじゃないかって」

彼は向かい風に向かって思い切り叫んだ。

「僕は風のように自由になりたい！」

ギョンジンが思わずミョンウの横顔を見ると、彼は穏やかな笑顔を彼女に向けた。丘の空気よりも澄んだ目で、彼女の目をじっと覗《のぞ》き込む。

「たとえ僕がそばにいなくても、風が吹くのを感じたら、それを僕だと思って」

ギョンジンの口元に笑みが広がる。

「それじゃあ……」彼女は目を閉じて風を感じた。「この風もあなた？」

「ううん。これは僕の友達さ」

まるでそれに応《こた》えるかのように風の勢いが一瞬強まる。ミョンウはぽつりと言った。

「もし死んだら、僕はもう一度〝風〟になりたいな」

その言葉にギョンジンは目を開けた。ミョンウを見ると、彼はとても穏やかで幸せそうな顔をしている。

彼女はふと思った。彼のこの表情を決して忘れることはないだろうと。

3

山あいの小さな草ぶき屋根の民家から、煙が細くたなびいている。

太陽が姿を隠すころ、それぞれの家のカマドに火が入れられ、夕げの支度が始まる。人里から遠く離れたこの山奥でも、当たり前のように人間の暮らしが営まれているのだ。

庭にしつらえられた水場では、ここでひとり暮らしをしている五十代半ばのおばさんが畑で取れた野菜の泥を洗い落としている。老けて見える外見に反して、そのきびきびとした動作は年齢を感じさせない。

庭の隅ではミョンウが斧《おの》を切り株に叩《たた》きつけた。カツンと乾いた音が響く。薪《まき》割りと食事作りの手伝いを条件にこの民家に一晩泊めてもらうことになったのだ。

「気をつけて！　自分のつま先を切り落とさないでよ！」

土間の入り口から顔を出してギョンジンが叫ぶ。ちょうど斧を振り下ろしかけていたミョンウは、急に声をかけられて驚き、狙いを外してしまった。斧の先が彼のつま先のすぐ横の地面に突き刺さる。

彼は声のほうをにらんだが、すでにギョンジンの姿はない。水場を見ると、おばさんがやれやれとばかりに肩をすくめている。

若い男手が重労働を引き受けてくれるなら食事や宿泊ぐらい喜んで提供すると言ったおばさんは、三回に一回は斧の狙いを外すミョンウに呆《あき》れているに違いない。

ようやく一抱えの薪を割り終えたミョンウが土間に入ってみると、ギョンジンは薪をカマドにくべていた。長年使い込まれたカマドの口から火の粉が舞い、青白い煙が漂っている。

「木が燃える匂いか……。いいもんだね」

彼は気持ちよさそうに目を閉じて、胸いっぱいに香りを吸い込んだ。

「なかなかこうは燃えないのよ」ギョンジンが自慢げに言う。「どう？　私の腕前は？」

「大したもんだね」

土間にしゃがみ込んだギョンジンは、火《ひ》掻《か》き棒代わりの木の枝をカマドに突っ込み、ほどよい火勢になるよう、おばさん直伝のやり方で薪の位置を調整している。先が黒く焦げた枝を手にして炎をにらみつけている姿は、すっかりカマドの番人だ。

持ってきた薪を土間の隅に積んだミョンウも彼女の隣に座り込む。二人は炎に顔を赤く染めながら、薪のはぜる様子をじっと眺めた。

朝からずっと悪路を飛ばし、激しい車の振動でくたくたになった筋肉と神経が、じわじわと解きほぐされていく。炎には人間の本能的な部分にまで働きかけて疲れを癒《いや》す不思議な力があるようだ。

　しばしの沈黙の後、ギョンジンが火を見つめたままぽつりとつぶやいた。

「誰かと約束をするとき、人はなぜ小指を絡めるか知ってる？」

「いいや。何か理由があるの？」

「それにはね、こんな物語があるのよ……」

＊　＊　＊

　昔々のこと。人々が約束をするとき、ただうなずき合うだけだったころのお話です。

　あるところにたいへん大きな王国がありました。国の真ん中には立派な宮殿がそびえ立ち、そこにはたいそう美しい姫が住んでおりました。その美しさたるや、ヨ・ギョンジン巡警にも匹敵するほどです。

　姫は毎朝、目覚めると寝室の鏡に向かってこう尋ねました。

「鏡よ鏡。この世で最も美しい女性はだあれ？」

「それはもちろん、あなたさまです」鏡の中の姫が答えます。

姫は有頂天です。

「お前の言うことに嘘はないわね？　もし嘘をついたら、粉々に割ってしまうわよ」

「私は嘘を申しません、姫さま。あなたこそがこの世で一番の美人」

「それでこそ私の鏡だわ」

満足そうにうなずくと、姫は自分の分身に微笑みかけました。

姫は美しいだけではなく、たいそう賢いお方でした。そのため、年頃になると、世界中の王子から求婚されました。宮殿まで馬で一ヵ月以上もかかる国や、海を越えた遠い国からも、はるばるやってくる王子たちは引きも切りません。

そろそろ結婚を、と王様たちもお望みになっていましたので、姫はその中からひとりを選んで婿にすることにしました。

候補者を絞るために、さまざまな分野で王子たちに勝ち抜き戦をさせました。あるときは矢で的を射させ、あるときは即興で詩を作らせる。王子たちは次々にふるいにかけられ、最後に五人が残りました。

どの王子も武術に優れ、芸術に秀で、おまけに心が広い方たちです。誰を選べばよいか迷った姫は、偶然に賭《か》けることにしました。運命の相手であれば、天がめあわせてくれると考えたのです。

五人の王子が宮殿の広間に集められました。どの顔も気品に溢《あふ》れ、この国を治めるのに相応《ふさわ》しい方に見えます。

姫は美しく着飾って五人の前に出ました。そして右手を背中に隠し、王子たちに見えないように指を一本立てて、こう言ったのです。

「私がどの指を立てているか、当ててください」

王子たちは思い思いの指を立てて、手を差し出しました。姫は自分の手を後ろに隠したまま、一番右端に並んでいる王子の前に立ちました。

一番目の王子は親指を立てていました。

力強いグッドサインを送っているようで頼もしかったのですが、残念ながら姫とは違う指です。姫は落胆し、彼から離れて次の王子の前に立ちました。

二番目の王子は、人差し指を立てていました。

風向きを見ているようで慎重さを感じさせましたが、残念ながら姫の選んだ指ではありません。姫は失望し、次の王子に向かいました。

三番目の王子は、中指を立てていました。

それも手の甲を姫に向けていましたので、まるで侮辱しているかのようでした。姫は思わず頭にきてしまい、王子の頰を平手打ちしました。ほんの少し気持ちがすっきりしましたが、やはり違う指でした。

四番目の王子は、薬指を立てていました。

薬指だけを立てられるなんてとても器用な方ですが、残念ながら指が違います。姫が悲しげに首を横に振ると、のっぽの王子はショックを受けたのか、その場で倒れてしまいました。この王子は夏の間に背丈が一挙に三十センチも伸びたそうで、そのためにすぐに倒れる体質になったのだともっぱらの評判でした。

さて、最後の王子です。それはコ・ミョンウ先生によく似た、そこそこハンサムな青年でした。姫は祈るような気持ちで彼の前に立ちました。

五番目の王子は、小指を立てていました。

姫はぱっと顔を輝かせて自分の手を見せました。姫が立てていた指は、ほっそりと透き通るような小指。それを見て、五番目の王子は嬉《うれ》しそうに微笑みました。

王子の目をじっと見つめた姫は、小指を王子の小指に絡ませました。なんと美しい仕草でしょう。今まで誰も見たことがない仕草でしたが、それは姫が王子と結婚するという合図。心をこめた愛の誓いだったのです。

それからすぐに二人は結婚し、国中がお祭り騒ぎでお祝いしました。

仲がよく、誰の目にもお似合いの夫婦でしたが、幸せは長くは続きませんでした。十字軍戦争が起こったからです。戦争はこの王国にも影を落とし、王子も遠征軍に参加することになりました。

出立の日、甲冑《かっちゅう》で身を固めた王子が姫の前に進み出ました。

「必ず生きて帰ってきます」

王子は愛の証《あかし》として小指を差し出し、姫の小指にそっと絡ませました。

二人は静かに見つめ合いました。姫は、必ず元の幸せな暮らしに戻れると信じていました。でも、もしかすると二度と会えないのではないかという不吉な予感が浮かんで、どうにも消し去ることができません。姫は王子を引き止めたくて仕方がありませんでした。戦争なんかで死んでほしくないと強く思いました。けれども、戦争に行かなければ、臆病者《おくびょう》という死ぬより恥ずかしいレッテルを貼られてしまうのです。

王子は小指を解くと、重い甲冑の音を響かせて宮殿を出ました。姫がバルコニーから眺めると、馬に乗った王子が東を目指して進んでいきます。愛《いと》しい夫の姿が地平線の彼方《かなた》に消え去ると、姫はその場に崩れ落ちてすすり泣きました。

それから十年の月日が流れました。

長引く戦争から、王子はまだ帰ってきません。最初のうちは届いていた便りもすっかり途絶えてしまいました。王子が生きているのか死んでいるのかすらもわからないのです。

けれど、王様をはじめ宮殿の家来たちは、王子はとっくに死んでしまったに違いないと思っていました。

そのころまた、世界中のさまざまな国の王子たちが姫に結婚を申し込もうと、宮殿を訪れるようになっていました。十年間という長い年月を経ても、姫の美しさはちっとも損なわれてはいなかったのです。

姫は王子がきっと生きて帰ってくると信じていましたが、とうとう誰かと再婚しなければならないことになってしまいました。姫は気が進まなかったのですが、王様の命令では仕方がありません。小指を出してみて、それに小指を絡めてくる王子がいれば、それを運命の相手と信じて結婚することに決めました。

宮殿に求婚者が現れるたびに、姫は目の前に小指を立てました。けれども、その小指の意味をわかる者はひとりもいません。みなそれを見て一様に困ったような顔をして、ためらいながらさまざまな反応を見せました。

ある者は姫の小指に婚約指輪をはめました。もちろん指輪はぶかぶかです。ある者は自分も小指を出して嬉しそうに振ってみせました。これではまったく意味がわかりません。ある者は 小指にいきなりキスしようとしました。姫の平手打ちが飛んだことは言うまでもありません。

ある日、宮殿に汚い身なりをした物乞《ものご》いが現れました。

物乞いは門のところで衛兵に制止されましたが、それを耳にした姫は彼を広間に通すように言いつけました。求婚するのならテストを受けさせようと思ったのです。必死で止める大臣に姫はこう言いました。

「誰にでも機会は公平に与えるべきです」

物乞いが姫の前にぬかずきました。姫はすかさず小指を出します。するとどうでしょう。物乞いは一瞬の迷いもなく、その小指に自分の小指を絡ませたのです。

姫は驚いて物乞いの顔を見ました。物乞いはかぶっていたぼろ布の頭巾《ずきん》を下ろしました。微笑を浮かべたその顔は、姫がずっと待ち続けていた王子その人でした。ひげは伸び放題で顔中が泥で汚れていましたが、愛しい王子であることは間違いありません。とうとう姫の許《もと》へ帰ってきたのです。

「ああ、愛しのわが君」

姫は物乞い姿の王子に抱きつきました。十年間の思いの丈をこめるように強く強く抱きしめました。王子の体に巣食っていたノミが移ったのか、たちまち姫は体中が痒《かゆ》くなりましたが、それでも王子を抱きしめ続けました。痒みよりも愛がまさっていたのです。

その夜、姫と王子はベッドをともにし、幸福感の中で眠りにつきました。

明け方になり、宮殿のニワトリが夜明けを告げたとき、王子はむっくりと起き上がりました。そして静かにベッドを降りたのです。王子は何も知らずに眠っている姫の顔を慈しむような目でしばらく見ていましたが、身をひるがえすと寝室を飛び出ました。そして宮殿をあとにして、薄闇の中をいずこへともなく去っていってしまいました。

それからすぐに目を覚ました姫は隣を見て驚きました。なんと、王子の亡骸《なきがら》が横たわっているではありませんか。姫はすべてを理解しました。王子はすでに戦場で亡くなっていたのです。

人は死ぬと、あの世へ行く前に四十九日だけ、魂の形でこの世にとどまるといいます。王子は遠い異国の戦場で敵の刃《やいば》に倒れ、魂となり、あの世へ旅立つ前に馬を飛ばしてきたのです。愛する姫に最後に一目だけでも会うために。妻と交わした約束を何としてでも果たすために。

戦場はあまりに遠かったのでしょう。宮殿に帰るまで駿馬《しゅんめ》でも四十九日かかってしまいました。ぎりぎりでたどり着いた王子は、最期の最期に姫と短い時間をともにし、今朝あの世へと召されていったのです。

姫は物言わぬ王子を無言で見つめていました。涙がとめどなく溢れてきます。どれほどそうしていたのでしょう。窓から朝日が射し込んできました。

姫は涙を拭《ぬぐ》いもせず、静かに夫の隣に横たわりました。

二人が死んでいるのを見つけたのは侍従でした。

侍従が声をかけても、姫と王子はベッドの上でぴくりとも動きません。姫の手には小さな瓶が握られていました。毒薬の入っていた瓶です。

寄り添うように横たわる姫と王子。

愛し合う二人の小指と小指は、しっかりと絡まりあっていました。

国中の人たちが嘆き悲しみ、二人の愛に心を打たれました。

それ以来、人々は大切な人と心を込めた約束を交わすとき、姫に倣って小指と小指を絡ませるようになったということです。

＊　＊　＊

「というわけよ。指切りの意味がわかったでしょ？」

「うん。悲しい話だね」

ミョンウはじっと考え込むように目を伏せてから、ギョンジンを見やった。

「一つ訊《き》いてもいい？」

「なあに？」

「僕がもし先に死んだら、君はお姫さまのように後を追って死ぬ？」

　ギョンジンが間髪入れずに答える。

「まさか！　なんで死ななきゃいけないの？」

「だって、愛し合ってるなら、そうするのが……」

「愛し合ってる!?」大げさに目を剝《む》く。

「ちょっと。なんでそこで驚くのさ？」

　突然「もう、何やってんだい！」と怒鳴り声が響いた。ミョンウとギョンジンが驚いて振り向くと、土間の入り口からおばさんが中を覗《のぞ》き込んでいる。

「あんたたち、薪《まき》をくべすぎだ！　家ん中が暑くて仕方ねえわ。あたしを蒸し殺そうとでも思ってるのかい？」

　そう言うとおばさんは手で顔をあおぎながら行ってしまった。

　残された二人は顔を見合わせて吹き出した。姫の物語に夢中になりすぎて、知らぬ間にカマドの中を薪でいっぱいにしてしまったらしい。

　ひとしきり笑った後、不意にミョンウの顔が真剣味を帯びた。思いを込めてギョンジンを見つめるその目は、いつもの穏やかな彼の目とは明らかに違う。瞳《ひとみ》の中に熱い炎がほの見えている。それはカマドの火が映し出されたのではなく、彼の内面から溢《あふ》れ出た感情の高ぶり。

それを見たギョンジンは、どうしてよいかわからなかった。ただ、ぎこちなく微笑みを返すことしかできない。

ミョンウは彼女を見つめたまま、少しずつ近づいていった。ギョンジンは無意識にじりじりと体をそらす。さらにミョンウはそっと目を閉じ、顔を近づけた。

彼女も逃げずに彼を受け止めることにした。ぎゅっと目を閉じる。

徐々に近づいていく顔と顔。唇と唇。

だがこのとき、ギョンジンは警察官として身についた防護姿勢を取っているのに自分でも気がつかなかった。不測の事態から身を守るため、相手と自分の体の間に何か物体を構えることが習い性になっているのだ。そして今構えているのは棒切れ。真っ赤に燃える薪を掻《か》き回したため、高熱を帯びた木の枝。

そうとは知らないミョンウは、唇を尖《とが》らせて近づいていく。唇が触れた瞬間、喜びで震えるはずの彼は、あまりの熱さに飛び上がった。

「ぎゃあああああ」

土間からロケットのように飛び出していくと、水場の洗面桶《おけ》に顔面を突っ込んだ。彼は桶に汲《く》んであった水の中で、じゅっと蒸気が出る音が聞こえたような気がした。

その夜、彼は夕食に口をつけられなかった。というより、唇をつけられなかった。

「すごいもんだねえ。まるで牛っこのケツの穴みたいに真っ赤になっちまって」

おばさんはそう言ってけらけらと笑った。

ミョンウの唇は火傷《やけど》で大きく腫《は》れ上がり、スプーンの先が触れようものなら、全身に痛みが走る。夕食が始まってから、ご飯粒にして十粒も食べていない。

「すごく痛む？」

ギョンジンは気の毒そうな声で訊《き》いた。しかし、口の中はご飯と野菜でいっぱいで、頬をぱんぱんに膨らませている。それを見て、ミョンウは神経を逆なでされるような気がした。

「こんなひどい目に遭わせといて、ごめんの一言もないのかよ」

「だって、前にも言ったでしょ？　私の辞書に〝ごめん〟はないんだもの。名前を〝ごめん〟に変えたら……」

「そうするさ！　たった今から僕の名前は〝ごめん〟だ。さあ、名前を呼んでくれ！」

「あなたの名前はミョンウでしょ？」

「変えただろ、今！」彼は腹を立てていた。

「そんなの認めないもーん！」

「ずるいぞ！　僕が名前を変えたって言ったら、変えたんだ！」

バン！　おばさんが両手でテーブルを叩《たた》き、二人は驚いて口をつぐんだ。

「あんたたちね、仲がいいのも大概にしておくれ。うるさくて耳がバカになっちまいそうだよ。さあ、とっとと食べた、食べた」

ギョンジンは思わずくすくす笑った。つられてミョンウも頰を緩める。だが、笑った途端に唇が引っ張られて、彼はすぐにしかめ面に戻ってしまった。

その様子を見て、女二人は腹を抱えた。


オフロード旅行は順調に走行距離を延ばしていった。

峠道にさしかかり、景色が開けたところでミョンウはジープを停めた。山々を眺めると上空に鈍い灰色の雲が広がっている。

「雨が来そうだな。土砂降りになると泥道は危険だから、舗装道路に出よう」

すかさずギョンジンはロードマップを一瞥《いちべつ》した。

「分かれ道をどっちに行っても舗装道路に出るけど……」彼女は少し迷って言った。「右のほうが近いわ。川沿いの道路に出られる」

ミョンウはうなずくとアクセルを踏んだ。

山岳地帯の天候は思ったよりも変わりやすい。あっという間に暗くなり、ときどき雷鳴も轟《とどろ》き始めた。ジープに防水シートの屋根を手早く張った後、ミョンウができるだけ飛ばしたにもかかわらず、舗装道路に出るころには叩きつけるような雨が降り出していた。

ジープは雨に煙るアスファルト路を疾走した。左手には増水した幅広の川が流れ、右手にそびえる急斜面からは大量の雨水が流れ落ちている。

突然、斜面から土の塊が落ちてきた。慌てて急ブレーキを踏む。耳障りな音とともにスリップしてから停まった車のすぐ前に、土砂の小さな山ができた。ミョンウは冷や汗をかいていた。これがこの程度の土砂崩れでなく岩の崩落だったら、ジープなどひとたまりもないだろう。

彼はすぐにジープを発車させた。崖《がけ》崩れの危険に満ちた道路から一刻も早く抜け出さなければならない。盛り上がった土を乗り越えたジープのタイヤは、再びアスファルトに接地した。

アクセルを踏み、シフトアップしてスピードが乗ってきたそのとき、今度は大きな岩が落ちてきた。ジープのすぐ横に落下したため、ミョンウは必死でハンドルを切った。ギョンジンが悲鳴を上げる。車体側面にぶつかったら、助手席にいる彼女の命はない。

左に曲がったジープは横滑りしたまま、道路脇のガードレールに激突した。その拍子にミョンウは頭をハンドルに激しく打ちつけ、意識が遠ざかった。コントロールを失ったジープは、ガードレールを突き破り、荒れ狂う川面《かわも》にまっ逆さまに落ちていく。

密閉されていないジープへの浸水は驚くほど早い。着水した車体は、気を失った二人をシートベルトで固定したまま、見る見る水没してしまった。

ボコボコというくぐもった水音の中、先に意識を取り戻したのはギョンジンだった。彼女は無意識にシートベルトを外して車外に泳ぎ出した。ありったけの力で運転席側の窓からミョンウを引っ張り出す。

ギョンジンは水流の圧倒的な力に揉《も》まれながら懸命にもがき、ようやく水面《みなも》から顔を出した。肺に溜《た》めていた息を吐き出し、新鮮な空気を思い切り吸い込む。ミョンウの顔が上向きになるように抱えながら、岸に向けて泳ぎ始めた。額から出血している彼はいまだに意識がない。

川は激流と化している。彼女は下流へと押し流されながらも、何とか必死で水を掻き続けた。水を吸った服が抵抗を増やし、ミョンウの体も次第に重くなっていくが、それでも少しずつ岸が近づいてくる。冷たい雨水に体温を奪われ、足先の感覚が怪しくなってきたとき、ようやく川岸から伸びている細い木の枝をつかみ、岸に泳ぎ着いた。

全身の力を振り絞って、ミョンウの体を岸の平らな地面まで引きずっていく。これ以上増水しても水が来ないと思われる場所までいってから、彼を横たえた。すぐに心肺蘇生《そせい》法を施す。現場で何度もやって慣れているはずなのに、いつものように冷静ではいられなかった。心臓も呼吸も完全に停止していた。ギョンジンは泣き出してしまいそうなのを何とかこらえて心臓マッサージを開始した。十五回押してから、マウス・ツー・マウスで二回息を吹き込み、心臓マッサージへ戻る。警察学校で習ったとおりの手順で何度も繰り返した。しかし、ミョンウは一向に呼吸もしなければ、鼓動も戻らない。

「いやよ！　私をおいて死ぬなんて、絶対にいや！」

ギョンジンは叫び声を上げた。その頬を涙がつたい、無情な雨がすぐに洗い流してしまう。彼女は自分を叱咤《しった》し、ミョンウを蘇生させようと死に物狂いで頑張った。しかし、どれほど蘇生術を続けても彼はぴくりともしない。彼女の中に暗い感情が広がり始めた。地図を見たとき、向こうの道を選べばよかった。自分が川沿いの道を選んだばっかりにミョンウは、私のせいでミョンウは……。

とうとうギョンジンは心臓マッサージをしながら泣き叫んだ。

「お願い！　死なないで！　目を覚まして！　息をしなさい、息を！」

マウス・ツー・マウスを施してから、また叫ぶ。

「私の前で死なないで！　まだ死んじゃダメ！　そんなこと私は許さない！　お願い、息をしてちょうだい！」

ほとんど殴りつけるように心臓を両手で叩いたとき、ミョンウの口から水が吐き出された。それと同時に、彼の胸が弱々しいながらも上下に動き始めた。生き返ったのだ。

それを見たギョンジンは安堵《あんど》のあまり、全身から力が抜けてしまった。両手で押さえた口から嬉しさの嗚咽《おえつ》が漏れる。それでも、彼の額の出血を見るとすぐに起き上がり、自分のジャケットを引き裂いて彼の傷口をしっかりと縛り上げた。

気がつくと雨は小降りになっていたが、周囲はすっかり暗くなっていた。このままただじっとしているわけにいかないので、彼女は肩にミョンウの腕を回し、引きずるように斜面を登った。やがてアスファルトの道路が見え、ギョンジンは道端にミョンウを座らせた。彼女自身も息が上がり、立ち上がることさえできない。

しばらくしてギョンジンが背中をこすると、ミョンウがうっすらと目を開けた。その顔を、近づいてきたヘッドライトが照らし出した。

三分後、ミョンウとギョンジンは軍用トラックの荷台で揺られていた。入って突き当たりの壁に背中を預けて座ったギョンジンが、まるで赤ん坊を抱くようにミョンウを抱きかかえている。カーキ色の幌《ほろ》が雨を防いでくれるし、毛布のおかげでずぶ濡《ぬ》れの体も温まり始めた。

演習を終えて基地へと帰還する軍用トラックの車列が通ったのはまさに幸運だった。道端にうずくまっている彼らに気づいて先頭のトラックが停まると、数名の兵士が飛び降り、あっという間に二人を荷台に乗せ、毛布で包んでくれたのだ。

ミョンウが閉じていた目を開けた。瞳《ひとみ》にはいつもの光が戻りつつあるようだ。

「どうして僕を助けたの？」ぽつりと彼が言う。

ギョンジンはいたずらっぽい目で答えた。

「お姫さまみたいに、あなたの後を追って死ぬなんていやだもの」

それを聞いてミョンウは微笑みを浮かべた。その顔を見た彼女もくすりと笑う。

ミョンウは不意に、あの人工呼吸が自分たちの初めてのキスだったことに気づいた。考えてみれば、最初に手をつないだのは、手錠の痛さを軽くするためだった。世間一般の恋人たちが踏んでいく甘いステップを、自分たちはちっともロマンティックでない状況で経験しているのだと思い、彼はおかしくなった。

ふと、視線を感じて顔を上げると、荷台の両脇に腰掛けている兵士たちが好奇心もあらわに、じっと二人のほうを見つめていた。

ミョンウとギョンジンは顔を見合わせた。急に気恥ずかしさがつのり、兵士たちに向けて二人揃って照れ隠しの敬礼をする。

そのとき、急ブレーキの音が耳をつんざいた。

トラックが唐突に停車し、その勢いで前方に転がった兵士たちが、ミョンウとギョンジンの上に覆いかぶさってしまった。

彼らの重みでギョンジンの体がミョンウに密着してくる。彼女の体温を感じながら彼は思っていた。二人が初めてきつく抱き合うというステップも、こんな状況下で経験するなんて、と。

第三部　風になりたい

1

いろいろあった夏休みもあわただしく終わり、ミョンウもギョンジンも通常の生活に戻った。ミョンウは二学期の教室で生徒たちにエネルギー保存の法則を教え、ギョンジンは街で悪人たちに犯罪が割に合わないことを教え込む。

『133管区内、高級クラブ〈レイク〉で傷害事件発生。当該区域にいる者は報告せよ』

いつものように午後の巡回に出ていたギョンジンとチョ警長のパトカーに、通信指令係の声が響いた。

「こちらS2」きびきびとギョンジンが応答する。「これから〈レイク〉に向かいます。応援を寄越してください。どうぞ」

『寄せられた情報から、店内に潜伏中の被疑者は脱獄囚シン・チャンスと思われる。応援が到着するまで突入は控えること。以上』

ギョンジンはチョ警長と顔を見合わせた。

シン・チャンス——何のためらいもなく人の命を奪う、生まれながらの殺人鬼。

彼は数日前に看守を殺して刑務所を脱走した。ソウル地方警察庁は威信を賭《か》けて彼を追っており、現場の誰もが、シンを捕らえれば昇進は確実であることを知っている。警察無線を切ると、ギョンジンはサイレンをオンにして〈レイク〉方面へと車を鋭くターンさせた。その顔にははやる気持ちがありありと表れている。そんな彼女の心中を読み取ったチョ警長は心配そうに言った。

「ギョンジン、やつは危険すぎる。この件をずっと追ってる刑事課に任せて、俺たちは深入りしないでおこう」

「とんでもない！　やつは脱獄囚ですよ。それもひどい凶悪犯じゃないですか。こんな大きな昇進のチャンスを逃すつもりはありません」

彼女の性格を充分に知っている彼は早々に説得を諦《あきら》め、リボルバーの装塡《そうてん》を確認した。クラブ〈レイク〉が入っているテナントビルの前に急停車し、ギョンジンとチョ警長がパトカーから飛び降りた。ほかの警察車両は一台もない。彼らが一番乗りのようだ。

彼女は携帯無線機に告げた。

「こちらS2、現場に到着しました。応援の姿は見当たりません」

『応援は現在そちらへ向かっている。店の出入り口を固めて、応援が来るまで待機するように』

だが、彼女は無線を切るなり、地下にある〈レイク〉へ続く階段を駆け下りた。

「待て、ギョンジン！」

慌ててチョ警長が追いかける。

地下フロアに着いてみると、〈レイク〉の入り口前に店員や客とおぼしき数名の男女が立っていた。みな緊張した面持ちでドアから中を覗《のぞ》いている。

ギョンジンはオーナーだと名乗り出た男に案内させて、店に入っていった。クラブの中は迷路のようになっていて、いくつもの小部屋に仕切られている。夕刻ということもあり、客がいたらしき部屋は数えるほどしかない。

オーナーは足早に進んでいくと急に立ち止まり、一番奥の部屋を指さした。その部屋はドアが開きっぱなしで薄暗い内部が見えており、床に血だらけの男の足が無造作に投げ出されていた。男の足はぴくりとも動かない。

不意にその足が血の筋を残しながら床を移動し、ドアの陰に消えた。誰かが引きずっているのだ。次いでドアが閉められた。

ギョンジンとチョ警長は目顔で合図を交わし、リボルバーを構えてドアの両側に張りついた。足元の高級な絨毯《じゅうたん》は毛足が長いので、足音を消してくれている。

チョ警長がドアを蹴《け》って開け、二人は中に飛び込んだ。互いに部屋の半分ずつに銃口を向けて攻撃に備えたが、銃弾は飛んでこない。静まり返った室内は凄惨《せいさん》な状況だった。若い女性二人と先ほどの男性が血みどろで床に倒れている。中央に置かれた低いテーブルの向こうで男がソファに座っていた。シン・チャンスだ。血まみれの両手をテーブルについて顔を伏せている。

「両手を上げろ！」

チョ警長が鋭く言うと、シンはゆっくりと顔を上げ、二人の警察官を無表情に眺めた。その目は虚《うつ》ろで焦点が合っていない。

「武器をテーブルに置いて、手を上げなさい！」

ギョンジンの言葉に、シンがゆらりと立ち上がる。チョ警長の目は彼の手に握られたナイフに吸い寄せられた。

「その凶器を捨てるんだ！　さもないと撃つぞ！　今すぐ捨てろ！」

シンはナイフを持つ手をゆっくりと下げた。と、いきなりテーブルを蹴りつけ、床を滑らせた。テーブルに足を払われ、チョ警長がギョンジンに覆いかぶさる形で倒れ込んでしまう。

シンはそれまでの無気力さを魔法のように消し去ると、獣じみた身軽さでテーブルを飛び越え、チョ警長をナイフで刺し、そのままドアから飛び出していった。ギョンジンは同僚の下から這《は》い出して銃弾を放ったが、狂ったように叫び声を上げながら逃げていくシンには一発も当たらなかった。

彼女は急にわれに返り、顔面蒼白《そうはく》で同僚を振り返った。

「大丈夫ですか⁉」

チョ警長を起こしてみると、彼はうなずきを返した。肩口の傷を押さえて歯を食いしばってはいるが、命に別状はない。

「救急車を呼んでください！」

ギョンジンが叫ぶと、通路の向こうで小さくなっていたオーナーが電話に走る。それを目の端で捉《とら》えながら、彼女は地上への階段を駆け上がった。

表に出ると、シンの後ろ姿が通りの反対側を遠ざかっていく。ギョンジンは飛ぶように通りを横切り、追跡を開始した。シンは繁華街を避けて人通りの少ない地区へと逃げていく。ギョンジンにとっては好都合だった。そばに一般市民がいると下手に発砲できないし、人質にでも取られたらコトだ。

シンは土地勘があるのか、右へ左へと頻繁に進路を変えて走っていく。四十歳を超えてなお強靭《きょうじん》な体を誇る彼に対し、ギョンジンの身体能力も決して負けてはいないが、分かれ道に出るたびに逃げた方向を探してスピードが鈍るので、なかなか距離が縮まらない。

踏切にさしかかったときには、完全にシンの姿を見失ってしまった。右か、左か、それとも踏切の向こうか。

突然、携帯電話が鳴り、ギョンジンは飛び上がるほど驚いた。

ミョンウは学校が終わってからカフェでのんびりとコーヒーを飲んでいた。

ポケットから一枚の写真を取り出す。高校の遠足の日に奉恩寺《ポンウンサ》で撮影した例の一枚だ。実のところ、彼自身もこの写真を見るのは久しぶりだった。ギプスの両手を掲げる自分を相変わらず情けないと思いながら、肩を組む旧友たちをひとりひとり眺めていった。どの顔も懐かしい。

彼の視線がふと止まる。その目は大きく見開かれた。

(こんなところに、こんなものが写っていたなんて！)

ミョンウはこの発見をギョンジンに伝えたくて、携帯電話のフリップを開いた。

ギョンジンは辺りに警戒の目を光らせつつ電話に出た。

「もしもし」

『やあ、ミョンウだけど。すごく面白いものを見つけたんだ。まったく信じられないよ』

「今、凶悪犯を追跡中なの。あとでかけ直すわ」

『どこ？　僕も助けに行くよ』

「ダメ！　危険すぎるわ！」

そのとき、踏切の警報機が鳴り始めた。日が落ちてすっかり暗くなった一帯が、にわかに赤い照明に浮かび上がる。ギョンジンは素早く物陰に隠れて、どこかに隠れているシンが動き出さないかと目を凝らした。

遮断機が下り、電車が近づいてくる。そのとき、踏切の向こう側にシンが現れた。ギョンジンが物陰から飛び出すと、彼は彼女にニヤリと笑いかけ、すぐに通過する電車に隠れてしまった。そして電車が通り過ぎたときには、その姿は消えていた。

ギョンジンは携帯電話を切り、遮断機が上がると同時に走り出した。


木々の生い茂る公園の一角にダークグリーンのセダンが停まっていた。

助手席に座るキム・ヨンホ刑事はタバコをくゆらせ、運転席でミン刑事がカップラーメンをすするのをぼんやり眺めていた。

今夜の張り込みは、空振りに終わるだろうという確信がヨンホにはあった。容疑者が出歩くのは判で押したように三日おき。今日はその日ではない。彼は暇つぶしに警察無線のスイッチを入れた。

『113管区、76。〈レイク〉という名のクラブで警察官一名が負傷。容疑者は逃走し、現在、ヨ巡警が117管区を追跡中。応援を要請する。繰り返す。応援を要請する』

通信指令係の声にヨンホは身を起こした。

「おいおい、この巡警はひよっ子か？　銃もまともに扱えねえのかよ」

殺人や強盗などの重犯罪を専門に扱う刑事課強力係に所属する彼は、やれやれといった顔でタバコを消した。

「おい、行くぞ！」

言われたミンは、食べかけのラーメンを名残惜しそうにカップごと窓の外へ放り捨てると、車のエンジンをかけた。

電話が一方的に切られると、ミョンウは買ったばかりの本の中に写真を挟み込んだ。

彼はその日のギョンジンの声がどことなくいつもと違う気がしていた。こうしてはいられない、と席を立つ。不慣れなレジのアルバイトが会計に手間取るのにイライラし、彼は焦ってカフェを飛び出した。

ギョンジンの居場所の見当はついていた。電話から聞こえたあの警報機だ。鈴の音を模したあの警報音を出す踏切は、この近辺では一つしか思い当たらない。そして、その場所がカフェからさほど遠くないことも彼は知っている。

ミョンウは心配でたまらなかった。ギョンジンが確かに自分よりタフだということはわかっている。けれども彼女は無鉄砲で、いざとなるとどんな危険も顧みずに飛び込んでいってしまう。それを思うと、彼は居ても立ってもいられなくなるのだった。彼女が怪我をしたり、ひどい目に遭うのをじっと指をくわえて見てなどいられない。

夜の街をミョンウは走り続けた。九月中旬とはいえまだ暑く、額に汗がにじむ。それを手で拭《ぬぐ》ったとき、本を持っていないことに気がついた。ギョンジンにプレゼントするはずだった本を、中に記念写真を挟んだままで、カフェに置いてきてしまった。

本は明日取りに行くとしようと彼が考えたとき、前方に踏切が見えてきた。


ギョンジンは路地の入り口に注意を引かれた。

地面に転がっているビールケースと自転車。追跡を鈍らせようとして倒したように見える。ここを抜けて行ったに違いない。一瞬、目くらましのためにシン・チャンスが仕掛けたのかもしれないとも考えたが、彼女はその路地に賭《か》けた。

判断は正しかった。しばらく行くとシンの後ろ姿が見えた。さすがにへばってきたようで、肩で大きく息をしている。

　不意に彼が振り返り、ギョンジンに気づいた。すぐさま別の路地へ曲がり込んでいく。彼女がその路地に入ると、先に幅の広い道路が横たわり、その向こう側が塀になっているのが見えた。その塀の頂上から、ちょうどシンがあちら側に飛び降りたところだった。塀まで走ると、ギョンジンは立ち止まってそれを見上げた。飛びつかなくてはならないほどの高さがある上、頂上には侵入防止のガラス破片が埋め込まれている。彼女が舌打ちしたとき、ちょうど若い男がふらふらと歩いてきた。彼女は迷わずに言った。

「ちょっと、こっちへ来て！　馬になって！」

　彼女にとって幸運だったのは、その男が偶然にもあのイ・バンヒョン議員の手下だったことだ。男はギョンジンの顔を一目見るなり、まるで操られるようにさっと馬になった。待ち伏せを警戒しながら塀の向こう側へ下りてみると、建物の角を曲がっていくシンが見えた。だだっ広い敷地に大きな建物。また工場だ。麻薬取引の一件がふと頭をよぎる。ギョンジンはリボルバーを構え直してシンの消えた角を目指して走った。そこまで行って顔をひょいと出して覗《のぞ》いてみると、シンは建物内に逃げ込んだところだった。彼女は扉まで行くと、静かに開けてみた。中は暗くて、どれほど広いか見当もつかない。それでもじっと目を凝らすと、大型機械が並ぶ中を走っていくシンの姿がぼんやり見えた。

彼女はすかさず拳銃の引き金を引いた。夜のしじまを銃声が切り裂く。

ミョンウが踏切を渡ってさらに行くと、路地の一つにビールケースと自転車が転がっているのが見えた。犯人がここを逃げていったのに間違いない。逃走する犯罪者は追跡を邪魔するために必ず道端の物を道の真ん中に倒す。その法則を、ミョンウは引ったくり犯を追ったときに学んでいた。

それから手当たり次第に路地を曲がっていくと、塀に突き当たった。先の尖《とが》ったガラスを厳重に埋め込んである。仕方がないので登るのを諦め、塀沿いに走り出したそのとき、塀の向こう側から銃声が聞こえた。

ミョンウは手のひらにガラスが食い込むのもお構いなしに、急いで塀を乗り越えた。うまく着地したが、暗い敷地のどの方向へ行けばいいのかさっぱりわからない。ギョンジンのさらされている危険を思うと焦るばかりで、ただあちらこちらへ走るしかなかった。工場の敷地はあまりにも広くて暗く、人の姿などどこにも見えない。

ギョンジンは暗い工場内を足音を忍ばせて歩いた。終業後で無人だというのに、大きな装置からモーター音が聞こえてくる。一定の音量でうなり続けるその音は幻惑的で、恐怖心を増幅させるようだ。ずらりと並ぶ不気味な装置の陰からシン・チャンスがナイフを突き出してくるイメージが頭に浮かび、慌ててかぶりを振ってそれを打ち消す。

息苦しいほどに心拍数が上がっていくのを抑えることができない。

一歩ずつ油断なく踏み出す足は音を立てないようにしているが、ブーツの革が立てる小さなこすれ音に飛び上がりそうになる。

建物内にある明かりといえば、壁に点在する小さな非常灯と、装置のランプ類とインジケーターだけ。場所によっては真っ暗闇に近い。ギョンジンはそのひときわ暗い壁際の装置の陰にリボルバーを向け、誰もいないことを確認した。ふうっと一つ息をする。

が、不意に首筋にかすかな空気の流れを感じ、咄嗟《とっさ》に身をよじった。間一髪でナイフが肩をかすめ、勤務服の背中が切り裂かれた。いつの間にかシンが背後に立っていたのだ。

床に体を投げ出し、拳銃を三発連射する。

一瞬、シンの姿を視界に捉《とら》えたものの、銃弾は壁と装置の鉄板に当たっただけだ。彼は脱兎《だっと》のごとく暗い通路を移動し、ギョンジンが素早く起き上がったときには、出口の扉をくぐり抜けていった。このままだと外へ逃げられてしまう。彼女は必死で走り出した。

ダークグリーンのセダンが工場の正門前に停まった。ヨンホとミンが降り立つ。

117管区は、広大な敷地を誇るこの工場とそれに隣接する〈イブニングスター公園〉を中心に、路地が網の目のように走っている。どのような逃走経路を通ったとしても、工場の塀にぶち当たる可能性が高いと、ヨンホは読んでいた。

二人の刑事が脇の下のホルスターからオートマチック拳銃を取り出したとき、工場の敷地からくぐもった銃声が三発聞こえた。二人は弾かれたように正門の方向へ走り、門扉を乗り越えた。

シン・チャンスが敷地内のアスファルト道路を駆けていく。ギョンジンは背後から一発撃った。だが弾は逸《そ》れ、シンはそのまま建物の角に曲がり込んでしまった。

あの角を曲がったら、一発で仕留めてやる。彼女はリボルバーの銃把をぐっと握り締めて走った。

ミョンウは円筒形のタンクが立ち並ぶ横を走っていた。すると、いきなり向こうから男が駆けてきた。手の先にぎらりと光る物がある。ミョンウは慌ててタンクの陰に身をひそめた。彼の目の前を必死の形相をしたシンが通り過ぎる。

ミョンウは恐る恐る顔を出し、シンの逃げた方向を窺ったが、すでに脇道に飛び込んだようで、姿は見えない。

追いかけるしかないと思いつつも、ミョンウは足がすくんで動けなかった。そのとき、さっき男が現れた方向から別の足音が走ってくるのが聞こえた。ギョンジンだ。彼は安堵《あんど》してタンクの陰から飛び出した。

シンを追って建物の角を回り込んだギョンジンは、人影がタンクの陰から飛び出すのを見て躊躇《ちゅうちょ》なくリボルバーの引き金を引いた。

まったく同時に、彼女から死角になっている建物の間から、ヨンホが人影に向けてオートマチックの引き金を引いた。

轟《とどろ》く銃声が一つに重なり合う。

手を振ろうとしかけたミョンウは、突然体に衝撃を受け、その勢いで背中からタンクに打ちつけられ、そのままずるずるとしゃがみ込んだ。自分の身に何が起きたのかわからなかったが、すぐに胸から大量の血が溢《あふ》れているのに気がついた。それが彼自身の血だと理解したときには、目の前が暗くなり始めた。

ギョンジンが走ってきて、倒れている彼に銃口を向ける。

たちまち、彼女は悲鳴を上げた。

彼女は大声を上げながら、倒れたミョンウを抱き起こした。

「どうして！　どうして！」

ギョンジンは彼の胸にあいた穴を手で塞《ふさ》いだ。

「あり得ない！　嘘よ！　いや！　いや！　いや！」

ほとんど半狂乱になって叫び続けるギョンジンは、それでもすぐに震える手を携帯無線機に伸ばした。

「117管区！　男性がひとり〈イブニングスター公園〉裏手の工場で瀕死《ひんし》状態です！　救急車を至急回してください！　117管区です！」

離れた暗がりにいるヨンホは、ギョンジンの無線をイヤホンで聞き取った。彼とミンは狼狽《ろうばい》した表情を見合わせた。

「俺が、俺の銃が……」

そうつぶやくヨンホの肩をミンがつかむ。

「いいか。この件は俺たちのせいじゃない。行こう」

同僚に引きずられるように、ヨンホは工場をあとにした。

「117管区！　男性がひとり〈イブニングスター公園〉裏手の工場で瀕死状態です！　救急車を至急回してください！」

残されたギョンジンは、無線機に何度も叫び続けた。緊急事態だというのに、ちっとも応答がないのだ。ようやく通信指令係の声が無線機のスピーカーから流れ出た。

『了解。救急救命士が117管区へ向かっている』

ギョンジンは無線機を放り出してミョンウを抱きしめた。

「しっかりして！　お願い、死なないで！　死んじゃダメ！」

ミョンウは目を閉じたままで、顔色がどんどん白くなっていく。

「ここで死んだら、川で助けた意味がないでしょ！　目を開けて！　お願い！　これは夢なんでしょ？　そうでしょ？　夢だと言ってよ！」

彼女は涙を流しながら、かぶりを振った。

「いやよ！　夢でもいや！　夢の中でもあなたが死ぬなんて、絶対にいや！」

工場の周囲はしんとして物音一つしない。サイレンも聞こえる気配がない。ギョンジンは再び無線機をつかんだ。

「こちらS2！　こちらS2！　いったい何やってるの！　早く救急車を寄越して！」

そのとき複数のサイレンが遠くに聞こえてきた。それらはあっという間に工場を取り囲み、警告灯で付近一帯を真っ赤に染め上げる。現場に救急隊員と警察官が殺到し、大声で泣き叫ぶギョンジンを引き離し、ミョンウをストレッチャーに乗せた。救急車が猛スピードで走り出す。

ミョンウはすでに体の感覚を失い、意識も消え失《う》せようとしていた。

（やっぱり僕は、あの川で死ぬ運命だったのかな）

燃えつきる寸前のロウソクの炎のように、思いが揺らめいた。それは意識の断片ですらなく、生命にしがみつく気持ちの残滓《ざんし》だったのかもしれない。

緊急処置室の前でギョンジンは立ちつくしていた。顔面は蒼白《そうはく》で、今にも倒れてしまいそうだ。

その場に署長や副署長、腕を吊《つ》っているチョ警長ら同僚が数名いたが、誰ひとり彼女に声をかけられない。一般市民を誤射したというだけでなく、彼女とミョンウの仲を知っている彼らの気持ちは暗く沈み、ミョンウの生還だけを祈り続けている。

処置室のドアが開き、医師がマスクを外しながら出てきた。警察官たちの視線が一斉に集まる。それを受けた医師は、口を真一文字に結ぶと首を横に振った。

同僚たちはギョンジンに振り向いた。彼女は涙をこぼしてうつむいた。次の瞬間、彼女はリボルバーを引き抜いて自らの頭に当て、撃鉄を上げていた。

「いかん！　早まるな！」

署長が飛びついて、拳銃をつかむ。彼女は引き金を引いたが、撃鉄は署長の指を挟んで止まった。副署長とチョ警長がギョンジンの指を銃から引き剝《は》がし、壁に押さえつけた。

「放して！　お願い、死なせて！　あの人を殺してしまった！　私も後を追うのよ！」

そう言うとギョンジンはまるで悲鳴のような泣き声を上げた。そして同僚のホルスターに手を伸ばそうとする。副署長とチョ警長は仕方なく、彼女を床にうつ伏せにさせ、両手を背中に回して押さえ込んだ。

自由を奪われた彼女はじたばたと暴れ、大声で泣き叫んだ。

「死なせて！　死なせて！」

副署長とチョ警長は力を込めて押さえながらも彼女を直視できずにいた。とてもではないが、気の毒で見ていられないのだ。署長にしても同様だった。

ギョンジンは夜の病院の廊下で押さえつけられたまま、いつまでも泣き続けた。そして夜半過ぎになってようやく涙が枯れ、女性警官二名に送られて帰宅した。

明け方近く、病院の遺体安置室のドアが静かに開き、ギョンジンが入ってきた。私服姿の彼女の顔は無表情で青ざめている。部屋の中央に置かれたベッドに近づくと、彼女はかけられている白いシーツをめくった。

ミョンウの顔が現れる。あたかも眠っているような穏やかな顔。

何も言わずにじっと見下ろすギョンジンの目から涙がこぼれた。体が小刻みに震え、こらえ切れずにすすり泣き始める。

しばらく泣いた彼女は、大きく息をすると、涙を拭《ぬぐ》いもせずにベッドに登った。

ミョンウの亡骸《なきがら》の隣に横たわり、目を閉じた。愛《いと》しい王子に先立たれた姫は、彼の後を追う。それは、遥《はる》か昔から変わらない愛の証《あかし》。ギョンジンは彼の小指に自分の小指を絡ませた。

やがて、彼女の意識は混濁し始めた。指切りしていないほうの手から力が抜け、ベッドの縁からだらりと垂れ下がる。その拍子に手に握られていた瓶が落ちた。中身が空になっている睡眠薬の瓶は、床にぶつかって澄んだ音を立てた。


真っ白な光。

温かな匂い。

体が宙に浮くような心地よさの中で、ギョンジンは目を覚ました。

周囲を見回すと、景色が徐々に焦点を結んできた。途端に現実が怒濤《どとう》のように襲いかかった。点滴パック、何本ものチューブ、心拍モニターの点滅、電子音、清潔なシーツ、殺風景な白い天井。

そこは天国ではなかった。ミョンウはどこにも見えない。部屋の隅に新聞が大きく広げられているのが見える。それが静かに下ろされると、背後からチョ警長の顔が現れた。付き添っていた彼はギョンジンが目を覚ましたのを見て驚き、泣きそうな笑顔で立ち上がった。

ギョンジンは見慣れた同僚の姿を、深い失望とともに眺めていた。

彼女は知ったのだ。自分は王子と天国で再会する姫ではなく、胃洗浄をされて命を取りとめた入院患者であることを。

2

ミョンウの部屋は寒々として見えた。家具も電化製品も本も服も揃っているが、一番なくてはならないものがそこにはない。主《あるじ》のいない部屋は温《ぬく》もりの消えた抜け殻だった。

しばらく戸口で立ちつくしていたギョンジンは、静かに部屋に歩み入った。目の前の光景がよそよそしく感じられるのは、彼女がここに初めて足を踏み入れたからではなく、ミョンウが二度とこのアパートの部屋へ戻らないからだとわかっていた。

どこもかしこも掃除が行き届いてこざっぱりとしている。三日前まで彼が暮らしていたこの部屋自体が、まるでミョンウの性格を引き継いでいるようだ。

窓際にある机の上もきれいに整頓《せいとん》されていた。そこに一冊の本が置かれている。皮千得《ピ・チョンドク》の『因縁』。彼女がプレゼントしたものだ。ギョンジンが何気なくページをめくると、ぱらぱらマンガが動き出した。ミョンウとギョンジンらしき二人が手錠でつながれたまま雨の中で傘を持って踊る。『雨に唄えば』をもっとコミカルにしたようなマンガだ。彼女は思わず笑みを浮かべた。

書棚から別の本を取り出して開くと、やはりぱらぱらマンガが描かれていた。彼女は次から次へと本を手に取ってページを繰ってみた。どの本の中でも、ページの片隅でミョンウとギョンジンが飛んだり跳ねたりしていて、そのどれもが二人が恋人として共有したひとときをユーモラスに再現している。

彼女はおかしくて笑った。だが、切ない笑顔だった。

机の端にはミョンウの携帯電話が置かれている。何か面白いものを見つけたというのが、彼からの最後の電話だったことを彼女は思い出した。

「何を見つけたっていうの？」

ギョンジンは自分の携帯電話を取り出し、ミョンウの番号にかけた。

すぐに机の上の電話が鳴る。着信音が数回鳴って止まると同時に、彼女の耳に彼の声が流れた。

『やあ、コ・ミョンウです。今バッテリーが切れているか、圏外にいるようです。ピーと鳴ったらメッセージを残してください。できるだけ早く電話します。それじゃ！』

ピー……。

まるで彼が生き返ったような気がした。

「もしもし。今どこ？」応《こた》えぬ相手に涙声で話しかける。「圏外になる場所なんて、この国のどこにもないはずよ。さっきまでここにいたことはわかってるんだから。どこにいるの？　ねえ、今すぐここへ戻って来てよ」

彼女はかぶりを振った。

「ううん、すぐじゃなくていい。急がなくてもいいわ。あなたが戻ってきて、私のそばにいてくれるんなら、ゆっくりでも……」

ギョンジンは言葉を切った。そしてまたかぶりを振ると、決然と言った。

「ここへは戻ってこなくてもいい。私が行けばいいのよ。ね、そうでしょ？　あなたがどこにいようと、私からそばに行くわ」

携帯電話のフリップをたたむと、彼女は思いつめた表情で部屋を出た。

五分後、ギョンジンは屋上に立っていた。

屋上の周囲には、転落防止のために鉄製の手すりが設置されている。彼女は何のためらいもなくそれをまたぎ越えた。後ろ手で手すりをつかみ、コンクリートの縁ぎりぎりに立つ。

どこまでも続く家並みが夕暮れの中に見える。ギョンジンは視線を真下に向けてみた。自分の白いセーター、黒のスカート、素足、パンプス、コンクリートの縁。その先は数十メートル下の道路まで空気しかない。地上では人や車が小さくうごめいている。

屋上は風が強かった。初秋の風はギョンジンの髪をなびかせ、顔に冷たく当たる。それを感じながら、彼女は目を閉じた。このままふわりと手を放せば、地上まで一気に落ちていける。そうしたら、ミョンウのところへ……。

「おばさん」

突然背後から聞こえた声に、ギョンジンはぎくりとして手すりを握り締めた。

「おばさんってば」

振り返ると屋上に上がる階段ドアの前に少年が二人並んで立っていた。今どきソウルではお目にかからないような流行遅れの服装をして、使い古したリュックを背負っている。年頃からするとおそらく中学生だろう。

丸顔の少年がおずおずと歩いてきて、ギョンジンを探るように見た。

「そこで何やってんの？　おばさん」

「関係ないでしょ」ギョンジンは吐き捨てるように言った。「それに、おばさんなんて呼ばないで。その呼ばれ方は大っ嫌いなの」

「今、飛び降り自殺しようとしてたでしょ？」

ギョンジンが言葉に詰まると、丸顔の少年はドアの前にいる面長の少年のところまで戻って、何やらこそこそと話をした。そしてまたギョンジンに近づく。

「おば……じゃなくて、おねえさん」彼はなぜか小声で喋《しゃべ》りかける。「俺たち、実は家出中なんだ。もし、お金をくれるんなら、自殺の邪魔はしないよ」

「何ですって？」

「五万ウォンでどう？」

「あんた、頭がおかしいの？」彼女はすっかり呆《あき》れてしまった。

丸顔は面長に相談に行き、また戻ってきた。

「友達は三万ウォンでもいいって言ってる。無理なら、クレジットカードでもいいよ。死んじゃったらもう支払わなくていいんだろ？」

「どっか行って！」ギョンジンは腹立たしい声で言った。「あんたにはムカつくわ」

丸顔は逃げ帰るように面長の隣に行って、また相談し始める。

「ちょっと。何か言いたいなら、私に直接言いなさい！」

ギョンジンの言葉にびくっとして、面長が初めて口を利いた。

「なあ、死んじゃう前になんで金をくれないんだよ？　そこから飛び降りたら頭がぐしゃぐしゃに割れて、内臓だって飛び出しちゃうし、もう金なんていらなくなるんだよ」

「じゃあさ、一万ウォンでどう？」丸顔が口を挟む。

「それか、エッチなことさせてくれない？　使い物にならなくなる前に、せっかくの体を有効利用しなきゃ」

それを聞いた途端、ギョンジンは頭から湯気でも出しそうな勢いで手すりを飛び越えた。少年たちのほうへ大股《おおまた》で歩き出す。

「そこで待ってな」

「処女で死ぬよりいいだろ？　俺たちに捧《ささ》げてくれよ」

慌てて後退しながら面長が言うと、ついにギョンジンは走り出した。少年たちも背中を見せて階段に向かって駆け出す。

「そこで止まりなさい！　とっつかまえてやる！　ただじゃおかないわよ！」

「やべえ！　あいつ、俺たちを地獄への道連れにするつもりだ！」

「逃げろ！」

二人の少年は階段を駆け下りた。ギョンジンも物凄《ものすご》いスピードで追いかけていく。中学生はなかなかすばしこく、振り返りながら階段を見上げて憎まれ口を叩《たた》いた。

「捕まえられるもんなら、捕まえてみろ！」

「パンツ丸見えだぞ！」

「ほんとだ、見えた！　黒だ！」

「違う、パンツはいてないんだ！　だから黒く見えるんだ！」

言いたい放題の二人にギョンジンがキレた。

「今日は紫よ！」憤然と階段を下りる。「待て！　ぶっ殺してやる！」

高層アパートの一階玄関を飛び出した少年たちは、歩道を一目散に逃げていった。ギョンジンも歩道を走ったが、急に足を止め、パンプスを片方脱いだ。大きく振りかぶって投げつける。

パンプスは面長の後頭部に当たって大きな音を立てた。彼はたちまち頭を抱えてうずくまった。相棒が止まったのを見て、丸顔もその場に立ちすくむ。追いついたギョンジンが二人の襟首をぐいっとつかみ上げた。

頭をごつんと合わせてから、彼女は二人の頭を交互にひっぱたいた。

「ほかに何か言いたいことがあったら、言ってごらん」

「ごめんなさい、おば……おねえさん。本当にごめんなさい」面長が泣きそうな声で言う。

「お願いです。ぶたないで」丸顔もすっかり弱腰だ。

さらに殴りつけながらギョンジンは言った。

「死ぬ前にエッチなことさせろですって？　冗談じゃないわ。死ぬ前にあんたたちをぶちのめしてやる」

「本当にごめんなさい！」面長が悲鳴を上げた。「俺ら腹が減ってるだけなんです。もう三日も食べてなくて。本当なんです」

それを聞いてギョンジンは手を止めた。二人をしばらくにらみつけてから訊《き》く。

「何が食べたい？」

「え？」きょとんと顔を上げた丸顔が面長に振り向く。「何がいいかな？」

「ピザ！」面長が声を張り上げた。

「俺も！」丸顔も同調する。

「ピザね」

ギョンジンは二人の襟首をつかんでさっさと歩き出した。

分厚い生地とたっぷりな具で有名なピザ屋に入ると、彼女は勝手に注文し、運ばれてきたピザを少年たちよりも先に頰ばった。

二人はそれを見て呆気《あっけ》にとられていた。

「見ろよ」面長が丸顔の耳に囁《ささや》く。「ブタみたいにかぶりついてるぜ。さっきまで自殺しようとしてた人間とは思えないよ」

「だよな」

少年たちもピザをつかんで食らいつく。ギョンジンは食べながら喋った。

「私も実はこの三日間、何も食べてないのよ。ここでたくさん食べておくことにするわ。幽霊になったとき、やせ細ってたら見た目が悪いでしょ？」

「何の見た目さ？　屋上から落ちたら頭がぐしゃぐしゃになって、脳みそが飛び散って、内臓がでろでろって……」

「ちょっと！　食事中よ！」

ギョンジンがにらみつけると、面長は慌てて口をつぐんだ。

テーブルの上の大皿からは瞬く間にピースが減っていく。

「ねえ、サラダを取ってきて。キュウリ抜きよ」

彼女に命じられた面長は丸顔に向いた。

「お前行ってこい。俺は豆抜きサラダ」

「自分で行きなさいよ」ギョンジンは自分を棚に上げてたしなめた。「何でも他人まかせにしちゃダメよ」

面長は渋々立ち上がり、皿に残った最後のピースに目をとめると「俺がいない間に食ったりするなよ」と釘《くぎ》を刺してサラダ・バーのほうへ行った。

しめしめとばかりに丸顔はピザに手を伸ばしたが、物凄い形相でにらむギョンジンの視線に気づき、慌てて手を引っ込めた。彼女は最後のピースを当然のように口に押し込む。

それを見て、丸顔は注文カウンターを振り向いた。

「ピザ、もう一つ！」

外に出るとすっかり夜になっていた。

ATMに立ち寄ったギョンジンは、家出少年二人の目の前に五枚の紙幣を広げて見せた。

「五万ウォン。これは家に帰る交通費よ。わかった？」

二人は手を出そうとしたが、ギョンジンはさっと金を引っ込める。

「いい？　家にちゃんと帰るのよ。寄り道はしないこと。時間を見計らってあんたたちの家に電話を入れて確かめるから、そのつもりでね」

丸顔が神妙な顔つきで紙幣を受け取った。

「わかりました。ありがとう」

「でも、俺らこそ礼を言われたいよ」面長がしたり顔で言う。「おねえさんの命を助けたんだからね」

「あっそ、お金はいらないのね？」

ギョンジンが言うと、二人そろって首を横に振った。

「ありがとう、おねえさん！」

「本当にありがとう！」

少年たちはにっこり笑うと、手を振って歩き出した。

ギョンジンも笑顔で手を振り返す。やがて彼らの姿が繁華街の雑踏の中に消えると、彼女はくるりと向きを変えた。その顔からはもう、笑みが嘘のように消えている。

彼女は立ち止まったまま空を見上げた。

街が明るすぎて星一つ見えないソウルの夜空。

見上げる彼女の目に、ひときわ高くそびえるタワービルが映った。

わずかに曲面になっている壁に窓の明かりが整然と並ぶ四十一階建てのビルを、彼女はしばらく見ていた。そういえば、あのビルを中心とした広大な再開発地域からかろうじて外れた森に、奉恩寺《ポンウンサ》はあるはずだ。ミョンウの高校時代の思い出がつまった寺に隣接する超高層ビル。あのビルならば最後の場所として申し分ないだろう、と彼女は思った。

ギョンジンは足早に街を歩いた。彼女の思いつめたような顔は、これから夜を楽しもうとする人々の波から明らかに浮いている。だが、誰ひとりとして彼女に注意を払う者はいなかった。彼女はただひたすら歩き続けた。目指すビルは、すぐそこにあるように見えるのに、なかなか近づけない。

やがて、うなるような音楽が聞こえてきた。ビル群の谷間で野外ライブイベントが行われているらしい。鉄骨で組み立てられた素っ気ないステージで、マイクを持った数名の若者がダンスを交えて歌っている。観客たちはヒップホップ系の重低音リズムに全身を揺らし、その波が彼らの手にしている色とりどりの風船を踊らせている。観客たちの上を天井のように覆っている風船は、それ自体が一つの生き物のようだ。

目的の超高層ビルは、ライブ会場と同じ敷地に建っていた。ギョンジンは周囲にこだまする騒音に惑わされることもなく、ビルの正面玄関を入っていった。

屋上へ出るまで誰からも制止されなかった。

無施錠のドアを開くと、ヘリポートが視界に開け、屋上の端まで簡単にたどり着けた。

ギョンジンは屋上の縁ぎりぎりに立った。

そこからはソウルの夜景が遥《はる》か彼方《かなた》まで見渡せる。オリンピックスタジアムや漢江《ハンガン》に沿ったイルミネーション、大小さまざまなビルの照明……。この世のものとは思えない美しさに思わず息を呑《の》んでしまう。

この光景がこの世の見納めなのだ。ギョンジンはそう思った。

上空は風が強かった。何物にも遮られることなく吹き抜けてきた風が、彼女の服をはためかせ、髪を波打たせる。つかまる物など何もない屋上の突端で、彼女は風によろめかないようにまっすぐ立っているのが精一杯だった。

片方の足をじりっと送り出す。つま先が空中に出るのを、パンプスのソール越しに彼女は感じた。もう片方のつま先もそろりと出して、足を揃える。

ギョンジンはゆっくりと両手を横に開いた。そして、そっと目を閉じる。

吹きつける風があのときと同じ感覚を呼び起こした。オフロード旅行で行った丘の上で、ミョンウと二人並んで全身に受けた風。ふわりと体が浮かぶような錯覚も、あのときと変わらない。

(もし死んだら、僕はもう一度〝風〟になりたいな)

そう言ったミョンウの穏やかな表情が、ありありと浮かんでくる。

向かってくる風から揚力を得るように、ギョンジンは上体を前に倒していった。少しも恐怖は感じない。飛び降りるのでなく、風になるだけ。

屋上の縁から足が離れ、彼女の体は空中に飛び出した。地上に向けてまっ逆さまに落ちていく。目を閉じている彼女には、地表がぐんぐん近づいてくる様子は見えない。ただ、全身に強い風を受けていることしか感じられなかった。

そこへ、いきなり突風が吹いた。

地上から空に向かって吹き上げるような不思議な風だった。まるでブレーキがかかるように、落下中の体ががくんと引き戻される。ギョンジンが驚いて目を開けると、目の前に白い物が飛んでくるのが見えた。

「きゃあああ」

白鳩の大群だった。鳩は懸命に羽ばたきながら彼女に突進し、彼女の頭からつま先まで体中にぶつかってきた。彼女はその痛さに悲鳴を上げた。目も開けられない。あたかも鳩のカーペットに支えられたように、落下速度がまたしても鈍る。

すぐに鳩はいなくなった。白いセーターに白い羽根をたくさんつけたギョンジンは再び地上に向けて加速していく。

ライブイベントの観客がアーティストの合図で一斉に風船を空に放った。

その風船が次々にギョンジンに衝突し始めた。数百という風船が彼女の真下からやってきて、まるでクッションのように彼女を突き上げる。ギョンジンは思わず目を開けると、視野いっぱいに広がる極彩色の光景に驚いた。いつまで経っても風船の数は減る気配を見せず、落下中の彼女にはまたしても相当のブレーキがかかった。もう死んでいてもよさそうなものなのに、と頭の片隅で思う。

ようやく風船が途切れて視界が開け、地上の様子が見えたとき、彼女は斜め下方に大きな手のひらを見た。一瞬わが目を疑ったが、それが巨大なアドバルーンだと気づいた。何の宣伝用かはわからないが、そっと手のひらを広げた形のバルーンが風に流され、彼女が落ちていく真下に移動してくる。

ぶつかる、と思った瞬間には、彼女は巨大な手のひらでバウンドし、その中にすっぽり収まってしまった。まるでお釈迦《しゃか》様の掌の中でもてあそばれる孫悟空のように、ギョンジンはなす術《すべ》もなくただバルーンの上で悲鳴を上げるしかなかった。もちろんその声は、地上にいる誰の耳にも届きはしない。

彼女を受け止めた手のひらは、衝突の勢いで一度は高度を下げたものの、中に詰まったヘリウムガスの浮力で、バルーンを繋《つな》ぎ止めているロープがぴんと張るまで上昇した。しばらく上空で揺らめいていたが、そこへ急に横風が吹きつけた。そのせいで、バルーンは超高層ビルの横手方向へと流されていく。

「きゃあああああ」

彼女は悲鳴を上げながら、巨大手のひらの指にしがみついた。

手のひらの行き先は十階建てマンションの上空だった。そのマンションは最上階がペントハウスになっていて、屋上に設置された天窓から部屋の明かりが洩《も》れているのが、ギョンジンにも見えた。

突然、風向きが変わった。手のひらが大きく傾く。

「いやあああああ」

ギョンジンはバルーンから振り落とされた。数メートル下の天窓に腰で着地したが、窓はあえなく枠ごと砕け、そのまま部屋の中へ落ちた。最終的に彼女の体をキャッチしたのは、セミダブルサイズのベッドだった。

ガラスの破片と埃《ほこり》と鳩の羽根を巻き散らしながら起き上がってみると、そこは見ず知らずの他人の部屋。住人である初老の男は、テレビ視聴用の大型ソファに座ったまま口をあんぐり開けて、空からの闖入《ちんにゅう》者を凝視していた。

ギョンジンはとりあえず彼に微笑んでみたが、男は微笑み返すこともなく、じっと彼女を見つめている。自分の部屋で何が起きたのかまったく理解できていないようだ。一瞬の沈黙が何十分にも感じられ、ギョンジンは耐え切れずに口を開いた。

「まことにもって、その、申し訳ありません」

彼女はそう言ってベッドから降り、ドアを指さした。

「出口は、こちらでよろしいでしょうか？」

住人の男は機械的にうなずいた。驚きのあまり声も出ないらしい。

ギョンジンは目も合わせずに頭を下げると、静かに部屋を出た。


街は相変わらず華やいだ様子で、人々が楽しげに行き交っている。通りを歩きながら、ギョンジンは振り返ってタワービルを見上げた。

彼女は自分の運の強さが恨めしかった。地上百七十メートル以上の高さから飛び降りて、かすり傷だけで生き延びた人間など、今までいただろうか。

肩を落として歩き出そうとしたそのとき、風が吹いた。ギョンジンの周りだけをぐるりと吹き抜けるような奇妙な風だ。彼女が思わず髪を押さえると、その目の前を紙ヒコーキが横切った。目に見えぬ手に引かれるように、彼女は飛んでいく紙ヒコーキを追いかけ始めた。

紙ヒコーキは通行人の頭上を滑るように飛んでいく。ぐんぐん上昇したかと思うと、ゆっくりと下降する。そして失速する前にタイミングよく吹く風に乗り、再び大きく弧を描くといった具合で、なかなか落ちてこない。

右へ左へとカーブする不思議な紙ヒコーキを追跡するうちに、ギョンジンはすっかり人気のない一角に迷い込んでしまった。すると、まるでそれを待っていたかのように、紙ヒコーキは速度を緩め、舗道に着地した。

その場所に近づいてそっとつまみ上げてみる。驚くべき航続距離を示した割には、ごく普通の形をしている紙ヒコーキを、ギョンジンは興味深げに眺めた。

不意に突風が吹いた。

またしてもギョンジンを包み込むような風だ。だが今度は、今までよりもずっと勢いが強い。あまりの激しさに立っていることができず、彼女はその場にしゃがみ込んでしまった。まるで竜巻の中に取り残された気分だった。彼女の耳には、ごうごうと吹き荒れる風の音しか聞こえない。

唸《うな》りを上げる風音の底に、誰かの囁《ささや》きを聞き取ったようにも感じたが、すぐに轟音《ごうおん》にまぎれて聞こえなくなってしまう。吹き始めたときと同じような唐突さで、風はぱたりとやみ、あたりはまた静寂を取り戻した。

そして彼女の手の中には、紙ヒコーキが残されていた。

3

署長から休養を命じられたギョンジンは、昼間から当てもなく街をさまよっていた。警察官の職務から切り離された途端、彼女はするべきことが何も思いつかなかった。

昼下がりのオフィス街を歩くOLの笑い声、公園の遊歩道でスケートボードを練習する少年たち、林立する近代的なビル群。街は数日前と少しも変わらない。同じような日常が繰り返されている。

だが、そこにミョンウはいない。

この世界がどれほどの広がりを持っていようと、ミョンウはどこにも存在していない。彼がいるのは、ここではない別の場所。

ギョンジンがふと振り返ると、遠くにタワービルが見えた。ガラスの壁面に太陽が反射してきらめいている。あの屋上こそがミョンウの世界へ続くドアだと思ったが、なぜか固く閉ざされ、入ることを拒絶されてしまった。

彼女は繁華街をひたすら歩き続けた。もしかすると別のドアがあることを期待しながら。

家電量販店の店頭で、大型ディスプレイがテレビ番組を映し出していた。大写しになっている顔写真を見たギョンジンの頭にその人物の名前が浮かんだ。アンドレ・キム――。

『アンドレ・キムは今、第二の人生を歩んでいます。かつては、押しも押されぬトップデザイナーとして長年、韓国ファッション界をリードしてきました。しかし、現在は霊能者として、生きた人間と霊の橋渡しをする仕事に人生を捧《ささ》げているのです』

霊という言葉に興味を惹《ひ》かれ、ギョンジンはディスプレイの前に立ち止まった。

『彼の能力は果たして本物か？　それとも、頭のねじが外れてしまっただけなのでしょうか？』

司会者の紹介が終わり、アンドレ・キムのインタビュー映像に切り替わる。

『霊というのは魂であり、また実在でもあるのです。霊を見ることができるようになって以来、あたしは授かった能力を人々のために役立てようと考えました。霊現象というのは宗教的な概念ではなく、死後の実存という現実的な問題なのですから』

派手な装いの彼は椅子に座ったまま微動だにしない。その穏やかな声には、何となく説得力を感じさせるものがある。

『霊には二種類あります。一つは、人間世界に強い執着や恨みを抱くがゆえに成仏できずにこの世に漂っている霊。こちらの霊は、あたしを通じて人間と話をしたがります。相続とか、そんな話をね』

キムはグラスの水を一口飲むと続けた。

『もう一つは、純粋な心を持つがゆえにピュアな霊の世界に旅立っていく霊。こちらの霊は、死んでから四十九日間だけこの世にとどまり、そのあとすぐに霊の世界へ行きます。あちらへ行ったが最後、あたしたちは話をすることも、姿を見ることもできません。ならば、せめて四十九日の間に霊と話をしたい、と願う方が大勢いらっしゃいます。ところが、これはなかなか難しい。なぜなら亡くなって間もない霊は、自分の姿をこの世の人間に見せる術《すべ》を知りません。彼らにできるのは、せいぜい自然現象の力を借りて存在を示すことぐらいなのです。たとえば、音や匂いであったり、夢であったり、そう、風になることもあります』

風？　ギョンジンははっとして画面を注視した。

『ときどき、亡くなった方に会おうと自らの命を絶つ方がいます。確かに、同じ霊の存在になれば愛する人と再会できる道理ですが、それが自殺によるものだったら二度と会うことはできません。なぜなら、自殺は魂の存在を否定する行為であり、生への情熱を失った魂は霊にはなれないからです』

キムは一拍置いて声に力を込めた。

『もしあなたの愛する方が心のきれいな方で、不幸にも先に亡くなられたとしたら、この世で会える可能性は万に一つ。霊の世界に君臨する全能のお方が、特別で気まぐれな計らいをしてくださったときだけでしょう』

キムのインタビューが終わり、司会者が何かコメントした。しかし、ギョンジンの耳にはもう入ってこなかった。

(自殺によるものだったら二度と会うことはできません。生への情熱を失った魂は霊にはなれないからです)

彼女は身の毛がよだった。知らずにバカな真似をするところだったのだ。アンドレ・キムの言うことが事実とすれば、ミョンウに会えるチャンスは彼が亡くなってから四十九日間だけということになる。ミョンウはほかの誰よりも心がきれいだから、四十九日経ったら間違いなく霊の世界に旅立ってしまう。

さらにキムは言っていた。霊は風の形を借りるということも。

——風。

ギョンジンはふと思い出して、急ぎ足でマンションに戻った。

自室に飛び込んだ彼女は、マガジンラックをひっかき回し、『タウン&カントリー』誌を引っ張り出した。部屋の模様替えをした日、ミョンウは確かこの雑誌のページを破いて紙ヒコーキを折ったはずだ。ページを繰ると、破り取られた場所が見つかった。

彼女はデスクの上に載せておいた紙ヒコーキを手に取った。タワービルから生還した夜、目の前をまるで誘うように飛んでいた紙ヒコーキ。慎重にそれを広げてゆき、一枚の紙に戻す。彼女はその「田舎にて」という記事が印刷された紙を雑誌に当ててみた。

破れ目がぴたりと一致した。

ギョンジンは思わず息を呑《の》んだ。

その瞬間、ほんの少し開いていた窓からそよ風が吹き込み、カーテンを揺らした。はっと顔を上げた彼女は、窓辺へ近づき、窓を開け放った。

途端に強い風が吹きつけてきた。まるで何かを訴えるかのように。ギョンジンは胸がつまり、目頭が熱くなった。

「ミョンウ……。あなたなの？」

風は勢いを弱め、彼女の髪をふわりと舞わせる。

「今吹いてるこの風。あなたなの？　それともただの風？　ねえ、答えて」

だが、答えは返ってこない。

「あなたはどこにいるの？　教えて、ミョンウ。……私はまだ、あなたが死んでしまったなんて信じられない。長い悪夢を見ている気がしてならないの」

彼女の脳裏にミョンウの言葉が蘇《よみがえ》った。

(もし死んだら、僕はもう一度〝風〟になりたいな)

たちまち涙がこぼれ、頰をつたう。その頰を撫《な》でるように風がそよいでいく。

「あなたが風になってしまったなんて、私は信じたくない……」

カーテンの揺らめきがおさまった。たちまち部屋の中がしんと静まり返る。

ギョンジンはしばらく泣き続けた。

やがて、彼女は涙を拭《ふ》くと、ふと思い立って紙とハサミを持ち出した。

正方形の紙の四隅からハサミで切れ目を入れ、四つの鋭い角を中央に重ね集めてピンで留める。それを紙を丸めて作った棒に刺すと、風ぐるまができあがった。彼女が息を吹きかけると、くるくると軽やかに回った。

ギョンジンは立て続けに新しい風ぐるまを作った。そして、それを書棚や壁の額縁やハンガーラックやピアノなど、ありとあらゆる場所に固定していく。夢中になって作業を続けるうちに、部屋中が風ぐるまでいっぱいになった。大きさも羽根の数も色もまちまちの風ぐるまだが、それが部屋を埋めつくしている光景は華やかで美しい。ひとたび風が吹いて一斉に回りだしたら、きっと夢のようだろう。

もしミョンウが何かを伝えに来たら、これで会話ができるかもしれない。

部屋を見回してうなずいたギョンジンは、カレンダーをめくった。あの悲しみの日から七週間後、四十九日目にあたる日を数えてみる。

十月三十一日――。彼女はそこに○印をつけた。

「これが、あなたがこの世から永遠に旅立つ日。でも、いなくなってしまう前に、私はきっとあなたと会ってみせる。絶対会うわ。絶対に」

○印を見つめるギョンジンの瞳《ひとみ》には、強い意志が燃えていた。

アンドレ・キムの説を信じれば、ミョンウに会える方法はただ一つ。自殺以外の方法で彼の後を追うのだ。それも、彼が確実にこの世にいる十月三十一日までに。心の美しい彼は霊の世界に行くとしても、自分も同じところへ行けるという保証はない。

その日が来る前に、事故で死のう。

ギョンジンはハンガーラックに吊《つ》るしてある制服に目をやった。亡くなった姉のために警察に入ってひたすら邁進《まいしん》してきたが、警察官であることが今日ほど嬉《うれ》しかったことはない。何と言っても、命を危険にさらす度合いがこの世で最も高い職業の一つなのだから。その上、巡回勤務よりもさらに危険を伴う任務に志願すれば、ミョンウに会えるチャンスもぐっと増えるはず。

彼女はデスクに座ると転属願を書き始めた。

「強力係に異動させてください」

ギョンジンは署長のデスクに書類を置いて直立不動の姿勢を取った。

「何だと？」

デスクの向こうで署長は目を丸くした。だが、ひとりうなずくと、すぐにその顔に笑みが広がっていく。

「そうだな。そのほうが君も居心地がいいだろうと私も思う。うん、それがいい」

「そんな嬉しそうに。何だか厄介払いでもするみたいですね」

「いやいや、そうじゃない」署長はかぶりを振った。「君ならここよりも、強力係のほうが向いていると思うんだ」

「はい。私もそう思います！」

ギョンジンは「忠誠！」と力強く敬礼してみせた。

転属はすぐに認められ、刑事課のある警察署に初出勤する日がやってきた。

ギョンジンは制服に身を包んで署の門をくぐった。警察官たちが忙《せわ》しく立ち働く中を、捜査部のあるエリアへと向かう。捜査部ではギョンジンのように制服を着用している者はひとりもいなかった。いよいよ制服警察官から刑事へと転身するのだ。危険に満ちた仕事が待っているかと思うと、彼女の胸は高鳴った。

捜査部長に挨拶《あいさつ》し、刑事課長に挨拶した後、強力係長に案内されてオフィスに通された。いくつもの小さなデスクが雑然と並べられている部屋にはかすかにタバコの匂いが漂い、その中で目つきの鋭い男たちがそれぞれの仕事に精を出していた。殺人、放火、レイプなどの重犯罪を扱うこの部署は、巡回が主な仕事である元の職場ののんびりとした雰囲気とは天と地ほども違う。

「あのデスクを使え。ロッカーはそっちだ」

係長は言葉を節約するかのように素っ気なく言うと、部屋中に響く大声を張り上げた。

「キム刑事！」

デスクやファイルキャビネットの前や窓際から、四人が「はい？」と顔を上げた。

「いや、お前たちじゃない。ヨンホだ」

四人のキム刑事のうちのひとりが廊下を指し示した。

「あっちです」

係長はうなずくと、ギョンジンを伴って廊下に出た。

自動販売機からちょうど紙コップのコーヒーを取り出したヨンホを見つけ、係長が野太い声で呼ぶ。

「おい、ヨンホ！」

彼が振り向くと、係長はギョンジンに説明した。

「あれが君のパートナーだ。おとといまで組んでいたミン刑事が捜査中に瀕死《ひんし》の重傷を負ってな」

職務中に死にかけた刑事の後釜《あとがま》。願ってもないポジションだ。ギョンジンはその幸先のよさに「はっ！」と思わず大声で返事した。

「しっかり頼むぞ」

そう言うと係長は去っていった。

ギョンジンはその背中に「忠誠！」と敬礼する。

一方のヨンホは、彼女の顔を見て凍りついていた。あの夜、脱獄犯シン・チャンスを追っていたときに見た巡警だと彼にはすぐにわかった。後から知ったが、射殺してしまった男性はこの巡警の恋人だったという。そんな彼女が自分のパートナーになるとは。彼は口にくわえていたタバコがぽとりとコーヒーの中に落ちたのも気づかなかった。

「はじめまして。よろしくお願いいたします！」

ギョンジンが一礼すると、ヨンホは頬をわずかに引きつらせてコーヒーを飲んだ。途端に顔をしかめて、茶色く染まったタバコを吐き出す。

それを見たギョンジンは警察内に数ある格言の一つを思い出し、心の中でガッツポーズをしていた。

ドジな相棒と組むと早死にする――。

黒いタートルネックに黒いレザージャケット、黒いパンツに黒いブーツ。刑事になったギョンジンは、制服から全身黒ずくめの私服姿にいでたちを変えた。

携行する武器もオートマチック拳銃《けんじゅう》にグレードアップした。今まで使い慣れたリボルバーとは威力が格段に違うし、ずっしりとした手応《てごた》えは危険へといざなうようだ。

セダンの助手席に座っている彼女はオートマチックの弾倉を点検し終えると、隣でハンドルを握っているヨンホに話しかけた。

「危険な局面はすべて私に任せてください。死ぬことなど怖くありませんから」

「現実はハリウッド映画と大違いだぞ。常に背後に気をつけてないと、撃たれたのも知らないまま死んでしまう。わかるか？」

ギョンジンが肩をすくめるのを目の隅にとらえ、ヨンホは皮肉を込めて言った。

「そんなにあの世に行きたいのか？」

「はい、それが私の望みです」

「望みって？　あの世に行くのがか？」

「ええ！」

彼女のあまりにストレートな返事にヨンホは当惑した。

通信指令係の声が車内に響いた。

『……オフィス・ビルの屋上で、拳銃を持った男が人質を取っている。男は薬物で興奮状態の模様……』

ヨンホは場所を確認するや、スピンターンで車の向きを変えた。ギョンジンが赤色灯をルーフに載せると、セダンはサイレンを鳴らして急行した。

現場は三階から下が店舗、それより上階がオフィスになっているビルだ。すでにパトカーと救急車が道路を塞《ふさ》ぎ、周囲に集まった大勢の野次馬がビルを見上げている。路上ではエアクッションの準備が始まろうとしていた。

車を降りたギョンジンとヨンホはエレベーターに飛び乗り、最上階のボタンを押した。

「いいか？　現場では勝手な行動は許さん。俺の指示に従うんだ」

ヨンホの声に緊迫感が漂う。だが、ギョンジンはそれには応えず、顔色一つ変えずに階床表示を見ていた。

最上階でエレベーターを降りた二人が階段を使って屋上に出てみると、そこには大勢の人間がいた。心配そうに見守る住人の群れと、その前で包囲網を形成する制服警官の一団、そして全員の視線の先には、二十代の女性の頭に拳銃を突きつけた三十男が立っている。男は屋上の端に立って喚《わめ》き声を上げていた。

警察は手を出せずにいた。犯人を無理に追いつめると、人質ともども飛び降りてしまう怖《おそ》れがある。ここは粘り強い交渉で解決するしかない。

ギョンジンとヨンホはバッジを見せながら、包囲網の前に一歩進み出た。たちまち犯人の拳銃が二人のほうを向く。ヨンホが男に向かって交渉を試みようとしたそのとき、ギョンジンはオートマチック拳銃を構えて、男のほうへ歩き出した。

「おい、待て！　ギョンジン！」

あっという間の出来事でヨンホにはどうすることもできなかった。

男は「来るな！　撃つぞ！」と叫んで銃を振り回したが、そんなことにはお構いなしにギョンジンは近づいていく。実は彼女のオートマチックには弾倉が入っていない。車内で抜いて、ポケットに入れておいたのだ。空の拳銃を構えて、ギョンジンはどんどん男との距離を縮める。

男が彼女に銃を向けた。

ギョンジンはきわめて冷静だった。恐怖も興奮すらも感じない。弾丸が当たってくれればいいと、それしか考えなかった。身を縮めることもなく、体の正面を男に向けて〃的〃を最大限に広げ、無造作に足を前に出す。

これで望みがかなう、と思いながらひたすら歩く。

ついに男が引き金の指に力を込めた。すると突如、風が巻き起こり、男の目に砂埃《すなぼこり》が入った。痛くて目をつぶった男は、狙いも定めずに拳銃を乱射した。弾丸はすべてギョンジンの脇を通り抜け、慌てて身を伏せた警官と野次馬の頭上を飛んでいく。

彼女の銃口が男の目の前に突きつけられたとき、彼の銃はカチリと空しい音を発した。

ギョンジンは無性に腹が立ち、男の胸倉をつかんだ。

「ちゃんと狙いなさいよ。へたくそ」

低い声で言うと、彼女は人質女性を男から引き離し、犯人と自分を手錠で結んだ。怯《おび》える男に再び低い声で囁《ささや》く。

「お前は終身刑間違いない。死ぬまで刑務所の中で看守に痛めつけられて、先輩囚にいたぶられて、一生を終えるのよ。この屋上から飛び降りて死んだほうがよかったと、ずっと後悔しながら」

それを聞いた男は発作的に屋上から飛び降りた。手錠でつながっているギョンジンも道連れで地上に落ちていった。

彼女は空中で男の体を抱えると、自分が下になった。まだ準備が整わないぺしゃんこのエアクッションに落下して一巻の終わりだ。自分の体がクッションとなって男は怪我ぐらいで済むだろう。

これは事故。逮捕中の不慮の出来事。自殺なんかではない。

ようやくミョンウのそばに行ける。

彼女がそう思って目を閉じたとき、地上では、大慌てでクッションに空気を入れている隊員の周囲を強烈な風が踊った。風によって送風ファンが猛烈に回転し、一瞬のうちにエアクッションが膨らんだ。

そこへギョンジンと犯人が落ちた。クッションは完全ではなかったが、二人を無傷で受け止めるには十分な空気量だった。

彼女は起き上がると目を開けて周囲を見渡した。驚きと失望の色を隠せなかった。

屋上から駆け降りてきたヨンホは言葉を失っていた。彼女は犯人を制服警察官に引き渡すと、何ごともなかったかのようにヨンホを促してセダンに乗り込んだ。

警察無線をオンにしたが、その日はもう管轄内で凶悪事件は発生しなかった。

その夜、ギョンジンはカレンダーに×印をつけた。

ミョンウに会える機会が一日分、無為に失われてしまった。

真っ赤なクーペが法定速度を無視してソウルの街を逃走していた。

おびただしい数のパトカーが出動して追跡しているが、加速に大きな差があり、追いつくことができない。先回りするパトカーをもあざ笑うようにすり抜け、クーペはわがもの顔で街を疾走していく。

警察は片側三車線道路を通行禁止にして、途中にバリケードを築いた。パトカーは互いに連携して行く手をブロックし、クーペを徐々にバリケード道路へ追い込んでいった。

バリケードの手前でギョンジンとヨンホの車が急停止した。二人が降り立ったとき、あたりは嵐の前の静けさのようにしんと静まり返っていた。緊張してクーペを待つ警官隊を尻目《しりめ》に、ヨンホはタバコに火をつけた。

そのとき、バリケード越しに遠く見える幹線道路から、赤いクーペが曲がり込んできた。バリケードに向かって走ってくる。ドライバーは前方に設置された鉄骨の障害物に気づいたはずだが、スピードを緩めようともしない。強行突破を図るつもりだ。

そこにいる警官の誰もが危険を避けようとバリケードから後退したとき、ひとりギョンジンだけが前へ進み出た。バリケードを越えて十歩ほど歩くとぴたりと止まり、ホルスターからオートマチックを引き抜く。

ヨンホは今度も彼女を止める暇がなかった。口をあんぐり開けて見ているしかない。クーペはぐんと加速し、ギョンジン目がけて一直線に進んでくる。彼女は両手でゆっくりと拳銃を構え、一気に撃ち始めた。弾丸は次々に車体に当たった。ヘッドライトが砕け、グリルが火花を散らし、フロントガラスにひびが入る。

だが、車は物ともせずに迫ってくる。四発目の銃弾がタイヤを撃ち抜いた。途端にクーペは蛇行し、駐車していた車両に乗り上げると、空中を飛んだ。そのまま勢いよく路面にバウンドし、ごろごろと横転しながらギョンジンのいる場所に向けて突進してきた。

彼女は目を閉じた。

あの車に踏み潰《つぶ》されれば、殉職は間違いない。

ミョンウのいる場所へ、あのクーペが連れて行ってくれるのだ。

ところが、車はギョンジンの髪を風圧で舞い上げただけで、彼女の脇ぎりぎりを通り過ぎ、バリケードにぶつかって止まった。まるで見えない力にコースを変えられたかのようだった。

目を開けた彼女は振り返って舌打ちすると、横倒しになったクーペに駆け寄り、運転していた男を引きずり出した。怒りが沸き上がって仕方がなかった。ガソリンが漏れている車から十分離れた場所まで男を連れ出すと、力まかせに路面に押さえつけ、後ろ手に手錠をかけた。

その様子をヨンホは呆気《あっけ》にとられて見ていた。口にぶら下がっていた火のついたタバコがぽとりと足元に落ちたのにも気づかない。そこにはクーペから流れ出たガソリンが筋を作っていた。気づいたときには引火し、見る間に炎がアスファルトを舐めたかと思うと、クーペに到達して大爆発を引き起こした。そそり立つ紅蓮《ぐれん》の火柱が青空を焦がす。

その場にいた警察官は全員地面に転がっていた。伏せて事なきを得たか、爆風で投げ出されたか、どちらかだった。

ギョンジンだけは、爆風にもびくともしないで立っていた。逮捕した男を無表情でじっと見下ろしながら、自分の不運を噛《か》み締めていたのだ。


帰宅したギョンジンは、ドアを閉めた途端に大きなため息をついた。

カレンダーに×印を書き込む日付が、すでに十月七日になっている。ミョンウの旅立ちまであと三週間あまり。早くしないと時間がない。

部屋を埋めつくす風ぐるまに目をやる。窓を開け放してあるにもかかわらず、回転している羽根は一つもない。今この部屋にミョンウはおらず、自分しかいないのだと思うと、ギョンジンは震えるような孤独感を覚えた。

寂しさに耐え切れず、思わずピアノに近づいた。小さいころから慣れ親しんだピアノ。嬉《うれ》しいときも悲しいときも、鍵盤《けんばん》がすべてを受け入れてくれた。模様替えの日にミョンウに聴かせて以来、一度も触れることはなかったが、今日は特別だと感じていた。

そっとふたを開けた彼女は、目を見張った。

ピアノの鍵盤がすべて白いのだ。よく見ると、黒鍵が白く塗られている。あの日、ミョンウが窓枠を塗ったのと同じ白ペンキで。

鍵盤の上には小さな紙片が置かれていた。そこにはミョンウの字でこう書いてあった。

君にはもっとピアノを弾いてほしい。

君の中で囚《とら》われの身になっている本当の君が見たいから。

胸が熱くなり、涙がこぼれそうになる。だが、それをこらえて微笑みを浮かべた。

思いやり溢《あふ》れるプレゼントを残してくれたミョンウ。彼はいつでもとびきりの驚きを感じさせてくれた。絵の才能を見せたときも、ジープに乗って現れたときも、何度となく犯罪現場に居合わせたときも、そしてこの白鍵の贈り物も……。

ギョンジンはピアノを弾いた。今はこの部屋にいない彼のために弾いた。

ミョンウのおかげで、高校以来触れられなかった黒い鍵盤をもう避けなくていい。自分の中に閉じ込めてきたもうひとりの自分――ピアニストに憧《あこが》れていた少女――が解き放たれ、思う存分演奏し始めた。

静かな秋の夜、〈ジムノペディ〉が本来の澄んだ音を響かせる。

そして、ギョンジンの心もそれに負けないぐらい澄み切っていた。

4

「了解。やつが姿を現したら連絡してくれ。ほかの人間じゃダメだ。確実に俺に伝えるんだぞ。いいな？」

ヨンホが通話を切り上げたちょうどそのとき、ギョンジンが走ってきた。

「遅れてすみません」

「いや、大丈夫だ」

彼は急いで携帯電話をポケットに入れると、通りを挟んで反対側に建つモーテルをあごで示した。

「パーティの真っ最中らしい。行くぞ」

二人の刑事は道路を渡ってモーテルに入った。無人のフロントの前を通り過ぎ、ある部屋の前に立つ。そしてホルスターの拳銃《けんじゅう》を同時に引き抜いた。

ギョンジンがいきなりドアを蹴破《けやぶ》ると、部屋の中にいた二人の男が驚いて顔を上げた。どちらも下着を着けただけの恰好《かっこう》で、片方の手には注射器を持っている。

男のひとりが弾かれたように立ち上がり、窓に体当たりしようとした。すかさずギョンジンは後ろから飛びつき、後ろ髪をつかんだ。あっという間に床に組み伏せ、手錠をかける。彼女が背後を見ると、ヨンホが苦戦していた。もうひとりの男が物凄《ものすご》い力で抵抗しているのだ。

ギョンジンは手錠の男を放置すると、ヨンホに手を貸し、どうにか二人ががりでもうひとりの男に手錠をかけた。そのときガラス窓が砕け散る音がし、彼女がはっと振り返る。手錠の男が窓を突き破って逃走したのだ。彼女はすぐさま彼を追って窓から飛び出した。

建物の外に着地するや、ギョンジンは追跡を始めた。手錠の男が通りの遥《はる》か前方を全速力で逃げていく。

不意に通りを風が吹き抜けた。

突風は歩道にいた男の子の帽子の先端についたプロペラを回し、おしゃべりに夢中になっている女性たちのスカートをめくり上げ、ＯＬが抱えていた書類を舞い上がらせる。その書類は宙を飛び、渦巻く風に乗って手錠男にまとわりつき、その顔にへばりついた。男は視界を奪われ、思わず立ち止まった。彼が必死でもがいていると、すぐ脇のスポーツショップの自動ドアが突然開き、あらゆる種類のボールが飛び出してきた。足元に転がったボールに足を取られた彼は路上に倒れてしまった。

ようやく起き上がると、手錠男はすぐに走り出した。それをまるで見計らったかのように風が吹き荒れ、新聞紙を男の体に吹きつけた。新聞紙はあとからあとから現れ、男をぐるぐる巻きにしていく。ミイラ男のようになった男は、とうとう身動きが取れなくなり、路上に伸びてしまった。

ギョンジンが男に追いついたとき、風にあおられた一枚の紙がふわりと舞い、男の顔に着地した。それは電柱から剝《は》がれて飛んだ、男の写真付きの指名手配ポスターだった。

ギョンジンが男を連行して車に戻ってみると、ヨンホはもうひとりの男を道路にうつ伏せにさせ、モーテルから押収した持ち物を調べていた。

ヨンホの携帯電話が鳴った。

彼はギョンジンに背を向けるように電話に出る。

「俺だ……何？　そいつは間違いなくシン・チャンスか⁉」

その名を聞くなり、ギョンジンの顔色が変わった。

「場所は？……わかった。すぐ行く！」

電話を切ったヨンホはギョンジンに振り向いた。

「こいつらを署に連れて行け。俺は行かなきゃならない」

「シン・チャンスなら、私も行きます！」

「ダメだ！　やつは恐ろしく危険なんだ。俺が行く！」

ヨンホはさっとセダンに乗り込んでエンジンをかけた。

「待ってください！　どうして私を連れて行ってくれないんですか！」

「……お前まで死なせるわけにいかないんだ」

そうつぶやいた彼の声は、すでに走り出した車の排気音によって掻《か》き消された。

遠ざかる車を見つめたギョンジンは、確保していた二人の男をガードレールに手錠でつないだ。こんな機会を逃すわけにはいかない。今日は十月二十四日。あと七日間しか猶予はないのだ。

彼女は道路に飛び出すと、走ってきた青いスポーツカーの進路に立ちふさがり、拳銃を向けた。急ブレーキと共にスポーツカーが停車する。

「う、撃たないで。女房も子供もいるんだ！」

運転していた若い男は両手を上げて言った。ギョンジンはバッジをかざしながら助手席に飛び乗る。

「さあ、早く出して！」

事情がわからぬまま男は車を発進させた。

車道の前方にはヨンホの車のテールが小さく見える。

「あのダークグリーンの車を追って！」

スポーツカーは快調な加速でセダンを追いかけた。そのとき、運転席で携帯電話の着信音が鳴った。

「ああ、チャンホだけど」男は軽薄そうな外見に似合いの口調で言った。「今？ BM転がしてんの。それよか聞けよ。いい女を拾ってよ、もうマブいのなんの」

次の瞬間、携帯電話はギョンジンの手によって車外に放り捨てられていた。

「何てことしやがるんだよお？ あれ結構高いんだぞ」

「その間抜けな口を閉じて、運転に集中して！」

「ピリピリすんなって。あの車を追えばいいんだろ……あれ？」

ヨンホの車が見えない。ギョンジンは焦って周囲を見回した。思わず唇を噛《か》んだとき、横道の奥にセダンの後ろ姿が見えた。

「今のとこ、曲がって！」

スポーツカーが急停止し、強引にバックして横道に乗り入れたとき、ヨンホの車との間にほかの車両が数台入っていた。今度こそ見失わないようにと、前方にじっと目を凝らすギョンジンに、チャンホはのんきに話しかけた。

「ねえねえ、いくつ？　教えてよ。俺よりちょっと若いぐらい？」

彼女は無視していたが、彼のお喋《しゃべ》りは一向に止まらない。

「俺たちさあ、きっとこうやって出会う運命だったんだよ。お腹すかない？　何でもご馳《ち》走《そう》するよ」

長いカーブにさしかかった。ヨンホの車の姿が隠れて見えなくなる。ギョンジンの乗ったスポーツカーがカーブを抜けてみると、セダンは影も形もなかった。

「停めて！」

チャンホが言われるままに車を停める。

ギョンジンは道路の両脇を確認した。車が曲がり込めるような横道はない。あるのは大型ショッピングセンターの駐車場入り口だけ。ひっきりなしに乗用車が出入りし、歩道には買い物袋を提げた大勢の客が行き来している。

彼女が車を降りようとしたとき、チャンホが急に気取って言った。

「あの車を追え、なんて君の芝居だろ？　スポーツカーを乗り回すハンサムな俺に近づくための……。でも、いいさ。恋なんて一幕の芝居なんだから」

ギョンジンはにっこりと微笑むと、渾身《こんしん》のパンチをチャンホの顔面にぶち込んで車をあとにした。

シン・チャンスはショッピングセンターの地下倉庫にいる。電話の情報提供者はそう言っていた。ヨンホは周囲に油断なく目を配りながら、倉庫のドアを静かに開けた。オートマチック拳銃を先に立てて、薄暗い倉庫内を進む。

どこからか話し声が聞こえてくる。彼は耳を澄ませ、積まれた段ボール箱の山に身を隠しながら、じりじりと近づいていった。

暗がりの中に男が三人立っていた。そのひとりはシン・チャンスだ。ヨンホは拳銃を構えて立ち上がった。

「動くな！」

だが、間髪を入れずにシンの銃が火を吹いた。ヨンホは右腕に激痛を感じ、その衝撃でオートマチックを飛ばされた。すぐさま身を沈めて拳銃を探したが、暗くて見えない。

二人の男は慌てた様子で逃げていった。だが、シンはゆっくりとヨンホのほうに近づいてくる。ヨンホは目の前に立ったシンの顔に残忍な笑いが浮かぶのを見た。シンの手にした拳銃がヨンホの頭に向けられる。

「動くな！」

突然、倉庫に声が響いた。それがギョンジンだとわかった途端、ヨンホは叫んだ。

「やつを撃て！」

二人の引き金がまったく同時に引かれた。シンの銃弾は狙いを外したが、ギョンジンの銃弾はシンの肩をえぐっていた。

動きの止まったシンの足を、ヨンホは力いっぱい蹴りつけた。不意をつかれたシンが段ボールの山によろめく。だが、彼は倒れることなく体勢を立て直し、倉庫の出口を目指して走り出した。

「応援と救急車を呼んでください！」

ヨンホにそう叫ぶと、ギョンジンはシンを追って駆け出した。

「気をつけろ！」

その言葉を背中で聞きながら、ギョンジンは倉庫の出口を飛び出した。

気をつけるのは一般市民を巻き込まないことだけだと、彼女は心の中で考えていた。銃撃戦になったら、自分の命に注意を払うつもりはない。あと七日間しかないのだから。

シンの後を追ってドアを出ると、目前に駐車場が広がっていた。地下三階の表示がある。

そこには数十台の車が整然と並んでいた。その車の間を縫うように走っていたシンがさっと振り向き、銃を放った。

ギョンジンは走りながら車の陰に身を隠した。銃弾を受けるのは怖くないが、ここで死ぬわけにはいかないと強く感じていた。シンを確実に仕留めないと、ショッピングセンターに来ている大勢の人々を危険にさらしてしまう。

シンが地下二階の駐車場に駆け上がっていく。ギョンジンもそれを追った。

二人が走る傾斜路を車が下ってきた。突然現れたシンの姿に驚いたドライバーは慌てて急ハンドルを切り、車体はコンクリートの壁にぶつかって跳ね返った。ギョンジンが横っ飛びでその車をよける。そこへシンが銃を放ち、彼女の耳をかすめて弾丸が空気を切り裂いた。ギョンジンは冷や汗を流しながら、なおも走り続ける。

二階駐車場にたどり着いてみると、シンの姿はどこにも見当たらなかった。車列のどこかに隠れているに違いない。ギョンジンは足早に移動しつつ、車と車の間に銃を向けながら彼を探した。

突如、通路を挟んで斜め前の車の陰からシンが拳銃を撃ってきた。ギョンジンも車を盾にして撃ち返す。銃弾が飛び交い、車体やコンクリート柱にいくつもの穴があいた。だが、互いに一発も相手に命中しなかった。

ギョンジンの弾が切れ、空の弾倉を捨てる。その隙にシンは逃げ出した。新しい弾倉を素早く装塡《そうてん》すると、彼女は脱獄囚の背中に向けて続けざまに撃った。だが、弾丸は身をすくめた彼の頭上を飛んでいっただけだった。彼もすかさず撃ち返したが、それもギョンジンを逸《そ》れた。

ついに追跡は地下一階の駐車場にまで及んだ。

シンは地上に出る傾斜路を目指して駆けていく。が、そのとき地上からパトカーがサイレンを鳴らして下ってきた。彼はきびすを返すと、後戻りし始めた。追跡しているギョンジンに向かい、真っ直ぐに拳銃を構えて走ってくる。

ギョンジンも迎え撃つ覚悟で銃を構えた。互いに狙った銃が火を吹く寸前、シンは方向を変え、エレベーターホールへ逃げ込んだ。彼の動きを拳銃で追い、彼女が引き金を引こうとしたとき、ホールに悲鳴が轟《とどろ》いた。エレベーター待ちをしていた客の中にシンが飛び込んだのだ。

しかし、壁の陰になってギョンジンからはその様子が見えない。

一発の銃声が響いた。

はっと身を固くするギョンジンの目に映ったのは、エレベーターホールからゆっくりと転がり出てきたベビーカーだった。立てられた幌《ほろ》から小さなこぶしが覗《のぞ》き、その手は黄色い風船につながる糸を握っている。ベビーカーは通路の真ん中に進んでいき、そこへパトカーが走りこんでくるのが見えた。

ギョンジンは咄嗟《とっさ》にベビーカーに飛びついた。アームをつかんだ瞬間、きょとんと目を見開く赤ん坊の顔が見えた。

パトカーの急ブレーキの音が耳をつんざく。顔を上げたギョンジンは、パトカーが停止するのと、ホールの壁からシンが現れたのを同時に見ていた。ベビーカーをかばいながらシンに拳銃を向ける。だが、それより早く彼の銃が発射されていた。

彼女の胸で何かが弾けた。

駐車場の景色がスローモーションのようにぐらりと回り、平衡感覚がおかしくなったと感じたときには、ギョンジンは冷たい床に横たわり、天井を見上げていた。

彼女は銃を持つ手を上げようとしたが、重くて持ち上がらない。銃を手放し、ようやく胸まで手を動かして触れてみると、そこから温かい血がどくどくと流れ出ていた。

ギョンジンはふっと笑みを浮かべた。

銃声が聞こえた。エレベーターで駆けつけたヨンホが、扉が開いた途端にシン・チャンスの頭を一発で撃ち抜いたのだ。見えなくても、なぜか彼女にはわかった。

その音に驚いたのか、赤ん坊が風船を持つ手を放してしまった。ギョンジンが見上げる天井に、黄色い風船がふわりと昇っていく。

と、風船の周囲を何かが飛んでいるのが見えた。紙ヒコーキだ。彼女の真上で円を描いている。

(あなたでしょ？　ミョンウ……あなたなのね……)

声に出したつもりだったが、言葉にならなかった。

全身の感覚がだんだん失《う》せていく。それなのに、彼女はそよ風が頰を優しく撫《な》でるのをはっきりと感じ取った。ミョンウの手のひらの温《ぬく》もりさえ感じられる気がする。

ギョンジンはじっと天井を見つめた。

そのずっと先には天国があるはず。

今度のノックなら、きっと天国へのドアを開けてもらえるだろう。

(やっと、会える……やっと……)

胸の中に安堵《あんど》が広がっていく。七日間の猶予を残して思いを遂げることができたのだ。

安堵はやがて幸福感に変わり、彼女の表情にこの上ない穏やかさをもたらした。

(私の心は美しい？)

もはや自分の力ではまぶたを閉じられない目から、涙が一筋つたった。

(そしたら……私もずっと……あなたと……)

風船は揺れ、紙ヒコーキは回り続けている。

それらが何かを答えてくれる前に、彼女の視界はフェードアウトしていった。

「しっかりしろ！　死ぬな、ギョンジン！」

ヨンホは祈りにも似た叫び声を上げていた、ギョンジンは目を開けたままぴくりとも動かない。彼は胸の傷口を手で押さえつけていたが、その指の隙間からは血が溢《あふ》れ続けている。彼女にはまだ息があったが、ヨンホにはこれ以上どうすることもできない。

ようやく地下駐車場に救急車が滑り込んできた。救急救命士が飛び降り、ギョンジンをストレッチャーに移すと、迅速かつスムーズに車内に運び込む。ヨンホが乗り込んで後部ドアを閉めるや、救急車はサイレンを鳴らして駐車場を飛び出した。

「ギョンジン！　死ぬんじゃない！　目を開けるんだ！」

搬送中の車内でヨンホはギョンジンの耳元で叫び続けた。

その反対側で救命士たちが一秒を争う緊急事態に対処している。ひとりが止血処置を行う一方で、別のひとりが輸血パックをセッティングする。

「頼む、ギョンジン！　何か楽しいことを思い浮かべろ！　助かるに決まってる！　俺の目の前で死なれてたまるか！」

ヨンホの声が嗚咽《おえつ》で途切れ途切れになる。すかさず救命士が言った。

「何か話しかけてあげて！」

「ジャンキーとビルから落ちたのを覚えてるか？」ヨンホは目に涙を溜《た》めていた。「あのときのお前はイカしてた。そう、木の枝から花びらが散るみたいにきれいだったぜ。なあ、死ぬんじゃないぞ！　お前はロボコップよりタフなんだ。胸に弾を食らったくらいじゃ、死にやしないんだ。俺がそう言うんだから間違いない！　おい、俺のほうを見ろ！　頼む、見てくれ！　お前のことを不死身だと思ってたんだぞ！」

だが、ギョンジンの目は虚《うつ》ろに救急車の天井を向いたままだ。

「俺は、俺は、お前に打ち明けなきゃいけないことがある！　どうしても聞いてほしいことがあるんだ！　だから、ここで死なれちゃ困るんだよ！」

救急車が病院の緊急搬入口に横づけされた。ギョンジンのストレッチャーは医師と看護師の手で緊急処置室に向けて走らされた。ヨンホは移動の間も彼女のそばを片時も離れずについていく。

「しっかりしろ！　死ぬな、ギョンジン！　俺の話を聞いてくれ！　頼むから打ち明けさせてくれ！」

「お静かに願います！」若い医師がヨンホをたしなめた。

「さっきは、話しかけろって言われたぞ！」

処置室に到着し、開け放したドアからストレッチャーが運び込まれる。室内の手術台が目に入ると、ヨンホはそこで立ち止まるしかなかった。目の前でドアが閉じられ、彼は通路にぽつんと残された。

物音一つしないひんやりとした通路で、ヨンホは涙を流した。腕の銃創の痛みに構うこともなく、壁にもたれて男泣きに泣いた。

若い医師がハサミでギョンジンのタートルネックを切り裂いた。ベテランの執刀医が彼女の目にペンライトの光を当てて、瞳孔《どうこう》反応を調べる。まばゆい光の下、彼女の瞳《ひとみ》はわずかに小さくなった。

「バイタル・サインは？」

「血圧《BP》六〇。脈は検出不能」看護師が応じる。

ギョンジンの呼吸はどんどん弱まっていく。

「心電図《ECG》、オン」

執刀医は若い医師にそう告げるなり、看護師に振り向いた。

「胸部外科医と心血管外科医を至急連れてくるんだ！」

彼女が処置室を飛び出したとき、別の看護師が声を上げた。

「BPゼロ！」

「よし、直流《DC》除細動器の用意をしろ！　挿管処置！」

「ECG、オンになりました」若い医師が報告する。

心電図モニターに波形が映し出された。そこには不規則な電気信号が表示されている。

直流除細動器が運び込まれ、看護師がスイッチを入れる。パドルの表面にジェルが塗られ、ギョンジンの胸にあてがわれた。

「二〇〇ジュール！」

執刀医の指示で若い医師が出力の目盛りを合わせる。

「用意……通電！」

電気ショックを与えられたギョンジンは、体を反り返らせて跳ね上がった。しかし、彼女の目は光なく開いたままだ。若い医師が心電図モニターを注視していたが、波形は少しも改善されない。

「ダメです！　ECG、変化なし！」

再度、同じ出力で放電が試みられたが、これも効果がなかった。

「三〇〇ジュールにするんだ！」

目盛りが上げられた。パドルにジェルが塗り重ねられる。

「用意、通電！」

ギョンジンの体は先ほどより激しく反り返った。

「ダメです！」モニターを見つめる医師が叫ぶ。

「EPとBBを！」

執刀医の言葉に即座に反応して、看護師がギョンジンの体内に薬液を注入した。

「三六〇ジュール！」

直流除細動器の目盛りが最大値まで回された。額に大粒の汗がつたいはじめた執刀医が合図を送った。

「用意、通電！」

バチッ！

ギョンジンの意識の内部で何かが弾けた。それは純白の光だった。

5

ソウルの朝。

ギョンジンは警察署ビルの窓から、一日の活動を開始した街の風景を眺めていた。

彼女には何もかもが空虚に見える。世界は少しも変わってなどいないはずなのに、見る者の心が虚ろだと、まるで別世界のようだ。

違って見えるのは世界だけではない。こうして警察官を続けている自分も、まるで自分自身ではないようだと彼女は感じていた。

「ギョンジン」

同僚に呼ばれて彼女は振り向いた。

「夜勤はこれで終わりだろ？　帰宅していいよ」

彼女は「ええ」とうなずいた。

しかし、彼女はなぜかその場を立ち去りがたい気がしていた。いつまでも窓辺に立って、景色をぼんやり眺めていたい。

ギョンジンは頭を一振りした。そしてきびすを返すと駐車場に向かった。

街はいつにもまして静かだった。何も考えずにハンドルを握り、家路をたどる。スピードを出すこともない。ウィンドウ越しに見える往来に目をやってみると、道行く人たちは黙々と歩いている。

信号が赤に変わった。

横断歩道の手前で停車した彼女の目の前を、人々が行き交う。ほどなく歩行者信号が点滅し始め、人々は小走りで横断していった。

その瞬間、ギョンジンは自分の目を疑った。

走る人の波の中にミョンウの姿が見えた気がしたのだ。他人の空似か、それとも目の錯覚かと思いながら、その人物にじっと目を凝らす。歩道を歩いていく後ろ姿。彼以外には考えられないほどよく似ている。

瞬きもせずに彼を見つめていると、後ろの車がクラクションを鳴らした。慌てて車を出し、歩道の彼を見失わないように注意しながら駐車スペースを見つける。ギョンジンは車を停めると、車外に降りて追った。

不意にミョンウが振り返り、その視線がまっすぐギョンジンを捉《とら》えた。途端に彼の顔に驚愕《きょうがく》の表情が浮かぶ。ほんの少しだけ戸惑いを見せたかと思うと、いきなり体を反転させて走り出した。

ギョンジンも慌てて追いかけた。間違いない、彼はミョンウだ。

「ミョンウ！　ミョンウ！」

彼は返事をしない。時おり振り返ってギョンジンがいるかどうか確かめながら、人ごみの中をすり抜け、路地に逃げ込んだ。

元来足の速くない彼は、以前よりさらに遅くなったようで、バス停の前にさしかかったとき、呆気《あっけ》なくギョンジンに追いつかれてしまった。彼は建物の階段に座り込み、あえぐように激しく呼吸している。

ギョンジンは今にも泣き出しそうだった。数々の疑問が湧き上がったが、再び彼に会えた喜びのほうが遙《はる》かにまさっていた。

「ミョンウ！　ミョンウなんでしょ？」

彼女はしゃがんで顔を覗《のぞ》き込んだが、彼は荒い呼吸を続けるだけで、何も答えない。

「あなたは……生きてたのね」

ギョンジンは泣き声混じりにそう言った。だが、それを聞いた途端、ミョンウは弾かれたように顔を上げた。無言で見上げるその目に涙がにじんでいる。

「ねえ、なぜ私から逃げようとしたの？　足が遅いくせに」

「仕方ないさ」彼はようやく口を開いた。かすかに微笑んだが、それは無理やり作ったような笑顔だった。「肺が片方しかないんだから」

「どうして死んだと見せかけたの？　私を騙《だま》すなんて……どれほど私が傷つくか考えなかった？」

「こんな姿を君に見せたくなかった……」

「何言ってるの！　たとえどんな姿になったって、あなたを愛してるのよ！」

彼女の必死の言葉に、ミョンウは悲しげに首を振った。

「違うんだ。僕はもう昔の僕じゃない。君の知ってるミョンウじゃないんだ。それに君だって今は……」

「ミョンウったら！」

彼の言っていることがさっぱりわからず、ギョンジンが叫んだ。だが、ミョンウは激しく頭を振って言った。

「ミョンウは死んだ！　そういうことなんだ！　いいかい？　あいつは死んだんだよ！」

「だって、あなたはここにいるじゃない！　こうして生きて、私の目の前に！」

もうそれ以上は耐え切れないというように、ミョンウは立ち上がった。

「あいつはもう死んだんだ！」

彼はそう叫ぶと、バスが滑り込んだ停留所に向かって走っていった。その突き放すような態度に、ギョンジンは雷に打たれたような衝撃を受け、身動きすらできなかった。

ミョンウがバスに飛び乗る。それを見て、ギョンジンは慌てて立ち上がり、バス停に駆け寄った。走り出したバスに向かって心の底から叫んだ。

「嘘よ！　ミョンウは生きてる！　彼は生きてるわ！」

車内の彼は振り向きもしない。バスはそのまま通りの彼方《かなた》に小さくなっていった。しばらく茫然《ぼうぜん》と見送っていたギョンジンは、肩を落とし、車に戻ろうと歩き出した。そのとき、通り沿いの店のウィンドウに自分の姿が映っているのに気がついた。女性警察官用の黒い制服。彼女はふと、肩章に目がいった。そこには星が三つ並んでいる。

（私は星二つの巡警なのに、なぜ一つ多い警長の階級章が付いているの？）

彼女は周囲を見回し、ずっと感じていた違和感の正体にはたと気づいた。

（ここは……現実の世界じゃない！）


バチッ！

心電図モニターに正常な波形が唐突に現れた。

「ECG、戻りました！」

若い医師の言葉に緊急処置室の中で歓声が沸いた。

「彼女に生きようとする強い意志があったんだ」執刀医はそうつぶやくと、スタッフを振り返った。「よし、肺の音をもう一度チェック！　挿管の用意！　輸血用血液もだ！　胸部外科医は何してる！　さあ、みんな、手を休めるな！」

手術に向けて、室内の空気は一気にあわただしさを増していった。

処置室の前の通路には、ヨンホのほかに数人、警察関係者が集まっていた。強力係長をはじめ、前職場の署長やチョ警長もギョンジンの容態を心配して顔を見せている。

ヨンホは撃たれた傷の治療を受け、腕を白い布で吊《つ》り下げている。彼は表面上は平静を取り戻していたが、誰よりも不安を感じて、居ても立ってもいられなかった。歩き回りたい衝動を押さえ、通路に置かれたソファにじっと座る。

手術が開始されてから数時間後、処置室のドアが開いた。疲れた様子の執刀医が姿を見せる。医師を認めたヨンホがゆっくりと立ち上がり、ほかの警察官たちも息をつめて見つめた。

執刀医は集まっている男たちをぐるりと見渡すと、マスクを外した顔に笑みを浮かべた。そして、ぐいっと親指を立ててみせる。

「やった！」

たちまちヨンホが叫び、警官たちも歓声を上げた。

ヨンホは思わずこぶしを突き上げたが、怪我した腕に痛みが走り、顔をしかめた。その目には涙が溢《あふ》れている。それは先ほどとは違う涙だ。

係長がやってきて、彼と力強くうなずき合うと、嬉《うれ》しそうにぽんと肩を叩《たた》いた。その衝撃が傷に響き、ヨンホはまたしても顔をしかめた。

ギョンジンは一命を取りとめたものの、意識を回復しないまま数日が過ぎていった。術後回復室に移された彼女は、ぐっすり眠り続けている。心電図モニターは規則正しい波形を刻み、彼女の心臓が正常に機能していることを示していた。

ベッドの脇には点滴パックが吊られている。術後はさまざまな薬が投与されたが、今は彼女の腕につながっているチューブを流れるのは栄養補給の液体だけ。看護師が静かに入室して、点滴液の滴下速度を調節した。

そのとき、ギョンジンがうっすらと目を開けた。

「まあ！　目が覚めたのね」看護師はすぐにナースコールのボタンを押した。「至急パク先生をお願いします」

ギョンジンは目をしばたたくと、ゆっくりと室内を見回した。

睡眠薬を大量に飲んだときと同じ状況だった。現実がだんだん意識されるにつれて、失望が広がっていく。生きている実感が、耐え難い辛《つら》さとなって彼女に押し寄せた。

枕元に屈《かが》み込んだ看護師は、本当に嬉しそうな表情を見せている。

「手術は大成功でした。今のところ、回復も順調ですよ。あとはたっぷり睡眠をとるだけです」

そう言うと、看護師は廊下に出て行こうとした。ギョンジンはこわばる口を開き、やっとのことで声を出した。

「あの……今日は何日ですか？」

「今日ですか？」看護師は立ち止まって手にしたクリップボードに目を落とす。「十月三十一日ですよ」

目の前が暗くなるような落胆を覚えた。

——もう、間に合わない。

看護師が部屋を出て行くと、ギョンジンはベッドで身を起こした。途端に胸に激痛が走り、思わず身をよじる。だが、心の内はもっとひどい痛みを感じていた。

痛みをこらえ、彼女はベッド脇に足を垂らすと、ゆっくりとリノリウムの床に立った。素足にひんやりとした感触が伝わる。その冷たさが彼女の気分を幾分かしゃきっとさせた。

窓際にゆっくりと歩み寄り、カーテンを端に寄せて、窓を開けてみる。朝の太陽が柔らかな光を放って輝いていた。あの太陽が西の地平線に沈む前に、ミョンウは遠い世界に旅立ってしまうのだ。

彼は今どこにいるのだろう。そう思った彼女の視界を何かが横切った。

ギョンジンははっとして窓から顔を出した。病室の外を紙ヒコーキが飛んでいる。ミョンウが雑誌のページで折った、まさしくあの紙ヒコーキだ。ずっとそこで彼女の目覚めを待っていたかのように、大きな円を優雅に描いている。

「ミョンウ！」

その呼び声に応《こた》えるかのように、紙ヒコーキはくるりと宙返りしてみせた。

窓越しにそれを見るギョンジンの頬に涙がつたう。今日は紙ヒコーキの動きの一つ一つをすべて、彼の思い出として記憶に刻み込まなくてはいけない。それなのに、涙があとからあとから溢れてきて、目の前がぼやけてしまう。

ギョンジンはごしごしと目をこすって、紙ヒコーキの軌跡に目を凝らした。

術後回復室には近親者の入室しか許されていないが、ヨンホは毎日足を運んでは、日替わりで種類の異なる花束を持ち込んだ。

今日も顔が隠れるほど大きなピンクのバラの花束を抱いてドアを開けたヨンホは、室内に入った途端にきょとんとした顔で周囲を見回した。ベッドに寝ているはずのギョンジンが見当たらない。空のベッドには、引き抜かれた点滴チューブと剝《は》がされた心電図用プローブと脱ぎ捨てられた入院着があった。チューブから漏れた薬液でシーツにはしみができていた。

部屋の奥に目を転じると、窓のカーテンが揺れている。窓が開け放されていることに気づくと、ヨンホは花束を床に落としてしまった。そして、そろそろと窓辺へ近づき、下をこわごわと覗《のぞ》いてみた。

そのころギョンジンは、通りを足早に歩いていた。

彼女が見上げる前方を紙ヒコーキが風を切って進んでいく。それを見失うまいと、彼女は一心に追いかけていた。ずきずきと痛む胸の傷口になど構ってはいられない。

回復室の外で輪を描いていた紙ヒコーキはあれから、建物から離れる様子を何度か見せた。その動きに導かれて、ギョンジンは外へ出ることにしたのだ。誰かが用意しておいてくれた私服に着替え、床にあった靴を履いて、回復室を抜け出し、廊下を通り抜け、ようやくここまで来た。

だが、死の淵《ふち》から蘇《よみがえ》り、一週間も眠り続けた彼女には、硬いアスファルトの上を急ぎ足で歩くだけでも一苦労だ。

気がつくと紙ヒコーキの動きは心なしか速くなった。息を整えるように、痛む胸を庇《かば》いながら深呼吸したとき、そこが見慣れた街角であることに彼女は気がついた。

紙ヒコーキは一直線に飛んでいき、ある建物の前で角度を上げるや、ビルの最上階まで急上昇していく。そこは、ギョンジンのマンションだった。

相変わらず故障中のエレベーターを横目でにらみ、力を振り絞って階段で最上階まで上ったギョンジンは、一週間ぶりにわが家の玄関ドアをくぐった。後ろ手でドアを閉めると、上部に吊るされたドアベルが涼やかな音を立てる。

部屋に歩み入った彼女は、真っ先にカーテンを開けた。窓ガラスの向こうに、ぐるぐる旋回する紙ヒコーキが見える。まるでご主人がドアを開けるのを行儀よく待っている賢い飼い猫のようだ。

彼女は急いで窓を開けた。二枚のガラス窓を滑らせて真ん中に寄せ、窓枠に風の通り道を二つ作る。もう一つの窓枠も同じように開けると、計四ヵ所の口が開いた。

紙ヒコーキが風とともに部屋に入ってきた。四ヵ所の通り道から吹き込んだ風は、四枚のカーテンを部屋の中に向かって舞わせる。そのふわりとした動きは、まるで天女の衣のように美しい。

「ミョンウ……」

ギョンジンの周囲を紙ヒコーキが円を描いて飛んでいる。

ヒコーキに誘われるように、壁際で風ぐるまが回転を始めた。やがて、部屋中の風ぐるまが一つ残らずくるくる回り出す。まるで満開の花畑のような華やかさだ。ギョンジンは魅入られたように自分の部屋を見渡した。

風はギョンジンを包み込むように渦を巻いた。

ピアノの上に置いてあった楽譜が舞う。十月二十三日まで×印のついたカレンダーが踊る。ミョンウの部屋から持ち出した何冊もの本が、テーブル上で物凄《ものすご》い速さでページをめくられる。いくつものぱらぱらマンガが現れる。

花柄のカーテンがあたかも触手を伸ばすようにギョンジンにまとわりついた。優しく彼女の肌を滑り、巻きつき、髪を撫《な》でる。

「ミョンウ……ミョンウ！」

ギョンジンは思わず涙をこぼした。ミョンウの存在がすぐ近くに感じられる。

カーテンの手触りは、彼の笑顔を思い起こさせた。

揺れて鳴り続けるドアベルは、彼の声を思い出させる。

回り続ける風ぐるまは、彼の優しい眼差《まなざ》しのようだ。

ギョンジンは部屋の中央で両手を真横に広げた。飛んでいる白鳩が翼の中に向かい風を抱え込むように、彼女は風を全身で包みたかった。

風は勢いを増し、彼女をあおる。ギョンジンは目を閉じた。オフロード旅行の丘の上や、タワービルの屋上で体験したのと同じように、自分の体が軽くなり、今にも空を飛びそうなのを彼女は感じていた。

この風にずっと身を任せていたい。そう思ったとき……。

不意に風がやんだ。

風ぐるまの回転がぴたりと止まり、カーテンがだらりと垂れ下がり、本のページが開きっぱなしになる。そして、紙ヒコーキが床に着地した。

ギョンジンは驚いて目を開けた。ミョンウが去ってしまったのではないかと不安がこみ上げる。すぐにまた風が吹き始めるよう、祈るような気持ちで窓を見つめていた。

カーテンの一つがふわっと動いた。彼女がはっとして見たとき、背後でドアベルがチリンと小さな音を立てた。

ギョンジンははっきりと感じた。後ろに誰かがいる。高鳴る胸を抑えるように、ゆっくりと振り向いた。

そこにミョンウがいた。

ドアの手前にミョンウが立っている。今しがた部屋に入ってきたというような何気なさで、そこに姿を現していた。

ミョンウは微笑みを浮かべた。けれども、ギョンジンの顔を見つめる瞳《ひとみ》は、今にもこぼれそうな涙をたたえている。

ギョンジンは言葉を失っていた。胸がつまり、身動きもできない。

静寂の中、ミョンウは一歩踏み出した。

それを見た途端、ギョンジンの胸には彼に対する強い想いがこみ上げてきた。

「ミョンウ!」

彼はさらに歩を進め、ギョンジンの前に立った。彼女の瞳をじっと見つめたまま片方の手をそっと上げ、彼女の頰に手のひらを当てる。

「会いたかった。君の前に姿を現すことができたらって、ずっと思ってた。それだけを心から望んでたんだ」

彼の手にギョンジンの涙がぽたりと落ちる。

「そしたら、誰かが願いをかなえてくれたみたいだ」

特別で気まぐれな計らい……。

ギョンジンはうなずいた。

「うん。見える。あなたの姿が見えるわ」

彼女はすぐにでもミョンウに抱きつきたかったが、一歩を踏み出せないでいた。両手にかき抱いた瞬間に、目の前の彼が霧のように消えてしまうのでは、という怖《おそ》れを感じてしまう。

けれども、頬に当てられた彼の手のひらの感触は確かにそこにある。

その手に自分の手を重ねてみる。

ミョンウの温《ぬく》もり。

それが現実のものであることをギョンジンは確かめていた。愛《いと》おしさがつのり、胸が張り裂けそうになる。

いつまでもこうしていたい。時間が止まってしまえばいい、とギョンジンは願った。

ふと、いつの間にか部屋が明るくなっているのに気がついた。窓を振り向くと、外がまばゆいばかりの光に満たされている。太陽より何倍も明るく、そのくせ何倍も柔らかな光が、天の一角から彼女の部屋に降り注いでいるのだ。

ミョンウもその光に気がついた。

彼は優しいながらも断固とした態度で、手をギョンジンの頬から離した。そして、窓辺に近づくと、光を背にして立った。

「そろそろ時間みたいだ」

ギョンジンは胸がつまり、何も言えなかった。

「永遠の別れをする前に、君に会えてよかった。本当によかった……」

窓の外にドアが現れた。白く光る扉が音もなく開く。ドアの奥はさらに上へと続く廊下になっていて、先にはもう一つのドアが見える。二番目のドアも静かに開いた。その向こう側は、なだらかな緑の丘だった。色とりどりの花が美しく咲き乱れ、とても素晴らしい場所のように見える。

「ミョンウ!」ギョンジンは叫んだ。「お願い、行かないで!」

彼は悲しげに首を振るだけだ。

「どうしても行くんなら、私も連れてって!」

「無理を言わないで。……君には決められた残り時間がまだあるんだから」

「いやよ!」

子供のように泣きながらかぶりを振るギョンジンの様子を見て、ミョンウは諭すように話し始めた。

「そんなに悲しまないで。いつかまた会えるときが来るさ。そのときは、僕のために話してくれないか? 君がこの世で体験した素敵な思い出を。僕はその日を楽しみに待ってるよ」

ギョンジンはうつむいて肩を震わせたが、ミョンウの言葉にこくりと小さくうなずいた。

「ギョンジン、覚えておいてほしい……」

彼女はっと顔を上げてミョンウを見た。

「もし風の中に僕の囁《ささや》きを感じたら、誰かに出会えるよ。僕とよく似た魂の持ち主である誰かに」

「あなたに似た誰か？」

「うん、そうだよ……。僕はもう行かなきゃ。どうか、君の愛を胸に抱いたまま旅立たせてほしい。さあ、笑顔で僕を見送って」

ギョンジンはしゃくり上げそうになるのをぐっとこらえ、泣き濡《ぬ》れた顔に精一杯の笑みを浮かべた。そして、うん、とうなずいた。

「私……」彼女の唇が震える。「……ごめんなさい」

初めて口にする〝ごめん〟――。

ミョンウは知っていた。彼女がこの四十九日間、どれほど自分自身を責め続けていたかを。彼は愛《いと》しそうに彼女に微笑みかけると、いたずらっぽい目で応じた。

「そんなこと言っちゃダメだろ？　僕はまだ名前を変えてない。ミョンウのままさ」

ギョンジンは笑った。本当は泣きたいのに、彼のために笑顔を見せる。

特別で気まぐれな時間も、そろそろ終わりが近づいた。

ミョンウはしっかりとギョンジンの顔を見つめてから、片方の手を上げて小さく振った。

さっと向きを変えると、窓から踏み出してドアのあちら側へ一歩踏み出した。彼女を振り返ることもなく、長い廊下を歩いていく。

ギョンジンは小さくなっていくミョンウの後ろ姿に手を振り続けた。去っていく彼の姿を見守ろうと涙をこらえたが、嗚咽《おえつ》が漏れそうになるのはどうにも抑え切れない。彼が二つ目のドアにたどり着こうとするとき、彼女は叫んだ。

「私、もう悲しまない！　あなたはいつもそばにいるって信じることにするから！　会いたくなったら、いつでも来てね！　風でもいいから！」

ミョンウは振り返った。微笑みながら手を振る。ギョンジンも大きく手を振り返した。彼に見えるようにと、できるだけ明るく微笑みながら。

白い光が輝きを増した。より明るくなって、花で埋め尽くされた丘も、白いドアも、そしてミョンウの姿も飲み込んでしまう。やがて、光はどこかへ消え去り、窓の外はいつもと変わらない街の風景に戻った。

ギョンジンはその場に崩れ落ちた。

そして、思いきり泣いた。

足元に落ちていた紙ヒコーキを無意識に握り締め、声を上げて泣いた。

エピローグ

本当にこの世は不思議なことだらけだと、僕は思う。

僕がカフェに忘れたあの本が、今ごろになって警察に届けられたというのだから。

遺失物係の女性警察官は、早速ギョンジンに連絡した。

ほどなく彼女がやってきた。制服を着用して歩くギョンジンは実に颯爽《さっそう》としている。このごろようやく頬にも赤みがさし、元気を取り戻したようだ。

「私をお探しですか？」

彼女はそう言って、遺失物係のカウンターの前に立った。

「ええ。これが届けられたんです。中にあなたの名前があったので」

遺失物係は本をギョンジンに渡した。皮千得《ピ・チョンドク》の〈風からの手紙〉というエッセイ集だ。

表紙をめくると、そこに僕の描いたイラストがある。警察官姿のギョンジンをマンガのキャラクターにしたものだ。ページの下のほうには愛のメッセージ。

『命の恩人ギョンジンへ　僕は君に首ったけさ　^^;』

それを見た彼女は、ぱっと顔を輝かせた。僕からのプレゼントだとわかったのだ。少し目が潤んでいるようだ。

また泣かせてしまったかな……。

ギョンジンは次のページをめくり、挟んであった写真を見つけた。僕の遠足の写真だ。彼女は、ギプスの両腕を上げる僕を見て、ぷっと吹き出した。僕は少しムッとしたけれど、あの大発見に早く気づかないかとわくわくしていた。

写真を眺めていた彼女がはっとして目を近づけた。写真の右端を食い入るように見つめている。彼女も気がついたようだ。

写真の中央から左にかけて、僕と友達が写っている。その右側に、後ろのほうで記念写真を撮っている別の学校の三人組が写り込んでいるのだ。白い制服を着た女子高生。その真ん中でポーズを取っているのは……ギョンジンだ。

つまり、僕たちは引ったくり騒動よりずっとずっと昔に、奉恩寺《ポンウンサ》で出会っていたわけ。

──ね、不思議だろ？

僕はギョンジンにそう囁《ささや》きかけた。

彼女はふと周囲を見回すと、遺失物係に勢い込んで尋ねた。

「あの、誰がこれを届けてくれたんですか？」

「さあ、気がついたらここにあって。まだそれほど遠くには行ってないと思うけど……」

ギョンジンは本を小脇に抱えたまま警察署を飛び出した。きっと僕が届けたと思っているのだろう。通りに出ると、きょろきょろと僕を探している。

——残念ながら僕とは会えない。でも、今日は君に会わせたい人がいるんだ。

僕はそう囁きながら、彼女の前を飛んで行った。

——僕の声が聞こえる？　そばにいるよ。僕を感じる？

彼女は感じたようで、僕のいるほうへと小走りに追ってくる。

そうこうするうちに地下鉄の駅に着いた。僕が通勤客たちの頭上を越えてホームに向かうと、彼女も人ごみを掻《か》き分けながらホームに飛び出した。

ギョンジンはいつの間にか白線を越え、人でごった返すホームの端まで出て左右を見渡している。そこへ電車が入ってきた。彼女はそれにまったく気がついていない。

電車の風圧で長い髪がなびいたとき、彼女は間一髪でホームに引き戻された。

ギョンジンはびっくりして後ろを振り返った。その拍子に、そこにいたひとりの青年と目が合った。その瞬間、彼女に何かが起きた。

ホームで待っていた群衆が乗車すると、電車は駅を出て行った。たちまちホームは空っぽになり、そこにギョンジンと青年——名前はキョヌ——が残された。

ギョンジンは驚いた表情で、キョヌの顔をじっと見入っている。キョヌのほうも見知らぬ女性に見つめられて戸惑ってはいるものの、その目をそらさずにいる。

僕はキョヌの傍らに飛んでいって、誇らしい気持ちで耳元に囁きかけた。

——僕の彼女を紹介します。

彼女の名前はギョンジン。ヨ・ギョンジンです。

僕のためにたくさんの涙を流してくれたひとです。

その名を口にするといつも、僕はとっても不思議な気持ちに包まれます。

彼女には間違いなく、特別な何かがあって……。


そこまで言ったところで、僕はやめた。

彼に僕の囁きが聞こえているかどうかわからないし、もし聞こえるとしても、きっと耳には入っていないだろう。だって、彼はギョンジンの顔を一心に見つめたきりだから。

キョヌだったら、きっとギョンジンを幸せにするだろう。

彼女を心から愛することだろう。

それに、彼女に悲しみの涙を流させはしないだろう。

ギョンジンが幸せな人生を送ることが、僕のたった一つの願い。多分、キョヌはそれをかなえてくれるに違いない。

どうやら僕の役目は終わったようだ。そろそろ立ち去るとしようか。

誰にも気づかれずに、跡形もなく僕は姿を消そう。

そう、風のように。

訳者あとがき

映画『僕の彼女を紹介します』を観終わったとき、多くの方がこんな感想をお持ちになるのではないでしょうか。

「チョン・ジヒョン、可愛いすぎ！」

そう感じるのは当然なのです。なにしろ、クァク・ジェヨン監督自身がインタビューで「この映画のテーマは、チョン・ジヒョンの美しさです」と明言しているのですから。

ジヒョンとクァク監督のコンビといえば、言わずと知れた『猟奇的な彼女』（二〇〇一）。あのキュートかつ凶暴なヒロイン像が、『僕カノ』の女性警察官ギョンジンとして帰ってきました。もちろん別人の設定ですが、善意の一般市民を誤認逮捕しても「ごめん」の一言すら言わず、街をうろつく不良高校生を見かけると鼻血が出るまでぶちのめす豪快さは、猟奇的ヒロインの延長線上にあることは間違いないでしょう。

とはいえ『僕カノ』は『猟奇的』の続編ではありません。作品的には飛躍的に進化を遂げています。

その理由の一つは、チョン・ジヒョン本人の成長によるもの。あれから三歳分、年を重ねた彼女は、内面も成熟し、美貌《びぼう》にもしっとりした落ち着きが加わり、女性らしい柔らかさが自然に発散されるようになりました。映画の後半、ヒロインは過去の悲しみを心に秘めながら喪失感を抱えるという側面を見せます。それを前半の凶暴かつキュートなエピソードと違和感なくつなげてみせたのが、一回り大きくなったチョン・ジヒョンの力量なわけです。

監督はこう言っています。

「美しい花であるほど枯れるのも早いと言いますが、いま現在の彼女でしか出せない魅力をフィルムに定着させたかったのです」

その期待にこたえ、彼女は『猟奇的』の女の子を見事にバージョンアップさせ、ここに新たなヒロインを誕生させました。

と、ここまでお読みになると『僕カノ』はチョン・ジヒョンのための映画、と思われるかもしれませんが、実はそれ以上にクァク・ジェヨン監督の持ち味が存分に発揮され、彼の趣味が画面の隅々にまで溢《あふ》れている作品でもあるのです。

クァク作品を特徴づけるのは、

(1) 純粋で切ないラブストーリー
(2) 無邪気でナンセンスな笑い
(3) サスペンスフルなアクション
(4) 抜群の音楽センス

の四大要素が一本の作品内に同居していることだと思います。

過去の作品を見てみると、『猟奇的』では(1)と(2)が突出していて(3)は劇中劇でわずかに見られるだけ、『ラブストーリー』(二〇〇三)では(1)に対して(2)がやや浮き気味の感があり（3）は戦争シーンのみ、という状態です。どちらも（4）はまずまずといったところでしょうか。もちろん二作とも間違いなく秀作ではありますが、クァク・ジェヨンらしさという意味では、やや偏りがあると言えないこともありません。

さて、この『僕カノ』では、四つの要素が見事なバランスで存在しています。前半は主人公ギョンジンによる無鉄砲な行動の数々で笑い（2）が十二分に堪能《たんのう》でき、後半は一転して切ないラブストーリー（1）でほろり、とりわけラストは泣かせます。全編にちりばめられた犯人追跡や銃撃や爆発はサスペンスアクション（3）を加速させ、『天国への扉』（ボブ・ディラン）のカバーやX-JAPANの『TEARS』で雰囲気を盛り上げる音楽センス（4）は実に鮮やか。

自分の好きなことを思う存分やり遂げた本作は、まさにクァク・ジェヨンの集大成と言えるのではないでしょうか。

細部にこだわるクァク監督らしく、『僕カノ』には凝ったファン・サービスもたくさん入っています。特に注目すべきは特別出演の面々。『ラブストーリー』からは、あの人が王子様になっていたり、あの人が遺失物係に扮《ふん》していたり、喫茶店で帽子の後ろ姿しか見えないお客がなんとあの人だったり。そして最大のお楽しみは『猟奇的』のあの人があんな役で出ていること。……これではさっぱりわかりませんね。ぜひとも、大きなスクリーンでご確認ください。

最後に、皮千得《ピ・チョンドク》（一九一〇―）について触れておきましょう。日本ではあまり知られていませんが、一昔前の韓国では、国語の教科書に作品が必ず載っていたほどの国民的詩人・随筆家だとか。『僕カノ』の中では主人公が彼の詩『水彩画のような愛』（クァク監督の一九八九年のデビュー作『雨降る日の水彩画』のタイトルはこれに由来）に感動し、また彼の本をプレゼントする場面も出てきます。

「彼の作品を読むと、私はまるで少年のように純粋無垢《むく》な状態になれるのです」

そう語る監督によれば、『僕カノ』の描く愛の形は彼の随筆『因縁』に強くインスパイアされ、またこの映画には皮千得の文章の持つ瑞々《みずみず》しいパワーを若い人たちに伝えたいという気持ちも込められているそうです。

皮千得作品の日本語訳が出版されているかどうかは確認できませんでしたが、クァク監督の創作の秘密を探りたい方は要チェックではないでしょうか。

本ノベライゼーションは、クァク・ジェヨン監督の執筆したオリジナル・シナリオを基に書かれています。完成した映画とは若干異なる部分もありますが、カットされたシーンは余すところなく収録してあります。

お読みになった後に、心地よい〝風〟を感じていただけることを祈りつつ……。

二〇〇四年十月　　入間　眞